La memoria

162

Antonio Tabucchi

I volatili del Beato Angelico

Sellerio editore
Palermo

1987 © Sellerio editore via Siracusa 50 Palermo
1997 Ottava edizione

I volatili del Beato Angelico / Antonio Tabucchi. - 8. ed. -
Palermo : Sellerio, 1997
83 p. ; 17 cm. - (La memoria ; 162)
I. TABUCCHI, Antonio
CDD. 853.914

(a cura di S. & T. - Torino)

I volatili del Beato Angelico

Nota

Ipocondrie, insonnie, insofferenze e struggimenti sono le muse zoppe di queste brevi pagine. Avrei voluto intitolarle Estravaganze, *non tanto per il loro carattere, quanto perché molte di esse mi sembrano vagare in un loro strano fuori che non possiede un dentro, come schegge alla deriva sopravvissute a un tutto che non è mai stato. Estranee ad ogni orbita, ho l'impressione che navighino in spazi confidenziali eppure di ignota geometria; diciamo frattali domestici: le zone interstiziali del nostro quotidiano dover essere o certi bitorzoli dell'esistenza.*

Per altro verso, altre pagine ancora, come per esempio Gli archivi di Macao *e* Passato composto. *Tre lettere, sono eccentriche a se stesse, profughe dall'idea che le pensò. In quanto romanzi e racconti mancati, sono solo delle povere ipotesi, o spurie proiezioni del desiderio. Hanno natura larvale; si esibiscono qui come creature sotto formalina, con quegli occhi troppo grandi degli organismi fetali – occhi che interrogano. Chi interrogano? Cosa vogliono? Non so se interrogano qualcuno o se vogliono qualcosa, ma ritengo più gentile non volere nulla da loro, perché credo che la dimensione interrogativa sia prerogativa degli esseri che la Natura non ha portato a compiutezza: ed è ciò che è palesemente incompiuto che ha diritto a porre domande. Eppure non potrei negare di amarle, queste lacunose prose affidate a un quaderno che per una inconsapevole forma di fedeltà mi sono sempre portato dietro negli ultimi anni. In esse ci sono, sotto forma di quasi-racconti, i ronzii che mi hanno accompagnato e mi accompagnano: slanci, umori, economiche estasi, emozioni vere o presunte, rancori e nostalgie.*

Dunque, più che quasi-racconti, direi che queste pagine sono un « rumore di fondo » fatto scrittura. Con un po' più di spregiudicatezza da parte mia avrebbero meritato come titolo L'asino di Buridano. *Me lo ha vietato, più che un residuo d'orgoglio, che sovente è una forma sublimata della viltà, l'idea che se agli ignavi per « rumore di fondo » non sono concesse l'opzione e la compiutezza, resta sempre loro la possibilità di alcune sparute parole: e tanto vale dirle. Una forma di consapevolezza da non confondersi col nobile stoicismo, ma neppure con la rassegnazione.*

A. T.

Alcuni di questi testi sono già usciti su riviste italiane o straniere delle quali mi sarebbe difficile fornire le esatte indicazioni bibliografiche. Voglio tuttavia indicare la sede in cui sono usciti due testi che sono legati a due miei amici. Fra le lettere di *Passato composto*, uscite in « Il cavallo di Troia », n. 4, 1983-84, quella di Don Sebastiano di Portogallo a Francisco Goya era dedicata a José Sasportes, al quale rinnovo la dedica. *Messaggio dalla penombra* accompagnava il catalogo (Comune di Reggio Emilia, 1986) della mostra di Davide Benati *Terre d'ombre*, ed è ispirato alla sua pittura.

I volatili del Beato Angelico

Il primo volatile arrivò un giovedì di fine giugno, all'ora del vespro, quando tutti i frati erano in cappella per la funzione. Fra' Giovanni da Fiesole, dentro di sé, chiamava ancora se stesso Guidolino, che era il suo nome che aveva lasciato nel mondo per il chiostro; si trovava nell'orto per raccogliere le cipolle, era il compito suo, perché abbandonando il mondo non aveva voluto abbandonare il mestiere di suo padre Pietro, che era ortolano, e nell'orto di San Marco coltivava pomidori, zucchine e cipolle. Le cipolle erano di quelle rosse, col capo grosso, molto dolci dopo un'ora di ammollo, ma che fanno assai lacrimare gli occhi quando le maneggi. Le metteva dentro al saio raccolto a grembiule e sentì una voce che chiamava: Guidolino. Lui alzò gli occhi e vide il volatile. Lo vide attraverso le lacrime di cipolla che gli riempivano gli occhi, dunque rimase a fissarlo per qualche attimo, perché la sagoma era ingrandita e deformata dalle lacrime come da una lente stravagante e strizzò gli occhi perché le ciglia si asciugassero e poi tornò a guardarlo.

Era una creaturina rosea, dall'aspetto morbido, con

delle braccine giallastre come quelle dei polli spennati, ossute, e due zampe anch'esse molto magre, con le giunture prominenti e delle dita callose come quelle dei tacchini. Aveva un volto da bambino vecchio, ma liscio, con due occhi neri e grandi e una lanugine canuta al posto dei capelli; e lo guardava, dibattendo stancamente le braccia, come mimando un volo che non poteva riprendere, quasi fosse un movimento ripetitivo e obbligato. Era rimasto impigliato fra i rami di un pero, che sono spigolosi e bitorzoluti, e che in quel momento erano carichi di pere, così che a ogni movimento del volatile qualche pera matura cadeva e si spiaccicava sulle zolle. Stava in una posizione molto scomoda, con le zampe imbracate da due rami che certo dovevano pungergli gli inguini, il torso di sbieco e il collo storto, perché altrimenti sarebbe stato costretto a guardare per aria. Dalle scapole, come due incredibili vele triangolari, gli partivano due enormi ali che ricoprivano tutto il fogliame dell'albero e che si muovevano alla brezza insieme alle foglie del pero. Erano fatte di piume ocra, gialle, turchine e di un verde smeraldo come quello del martin pescatore, che ogni tanto si aprivano a ventaglio toccando quasi terra e poi si richiudevano, rapidissime, scomparendo una dentro l'altra.

Fra' Giovanni si asciugò gli occhi col dorso della mano e gli disse: « eri tu che mi chiamavi? ».

Il volatile fece cenno di no con la testa, e tenendo il dito di una zampa steso verso di lui come se fosse un indice, lo ammiccò.

« Io? », chiese Fra' Giovanni con stupore.
Il volatile mosse la testa in cenno affermativo.
« Ero io che mi chiamavo? », ripeté Fra' Giovanni.
Il volatile questa volta chiuse gli occhi e poi li riaprì, sempre in segno affermativo; o forse per stanchezza, chissà: perché era stanco, gli si leggeva sul volto, nelle pesanti occhiaie viola che gli cerchiavano gli occhi, e Fra' Giovanni vide che aveva la fronte imperlata di sudore, come un reticolo di goccioline che però non cadevano, evaporavano alla brezza della sera e poi si formavano di nuovo.

Fra' Giovanni lo guardò e sentì pietà e mormorò: « sei troppo stanco ». Il volatile lo guardò con quegli occhi grandi, umidi, poi chiuse le palpebre e dimenò alcune penne delle ali, una penna gialla, una verde e due azzurre, queste ultime tre volte, in rapida successione. Fra' Giovanni capì e ripeté sillabando, come chi impara un alfabeto: « hai fatto un viaggio troppo lungo ». E poi domandò: « perché capisco quello che dici? ». La creatura allargò le zampe quanto la posizione glielo consentiva, come a significare che non ne aveva la più pallida idea; e allora Fra' Giovanni concluse: « si vede che ti capisco perché ti capisco ». E poi disse: « ora ti aiuto a scendere ».

C'era una scala a pioli appoggiata a un ciliegio, in fondo all'orto. Fra' Giovanni andò a prenderla e tenendola orizzontale sulle spalle, con la testa fra un piolo e l'altro, la portò fino al pero e l'appoggiò in modo che la cima della scala arrivasse vicino alle zampe del volatile. Per salire meglio si sfilò il saio, perché la gonnella gli impediva i movimenti, e lo depose su un cespuglio di salvia accanto al pozzo. Mentre saliva i pioli si guardò le gambe che erano magre, bianche, con radi peli, e pensò che le sue gambe assomigliavano alle gambe del volatile; e perciò sorrise, perché le rassomiglianze fanno sorridere; poi, mentre saliva, si accorse che dalla fessura delle brache gli era scivolata fuori la natura, e il volatile gliela fissava con occhi attoniti, come stupefatto e impaurito. Fra' Giovanni si chiuse, si ricompose e disse: «scusa, questa è una cosa che abbiamo noi umani»; e per un attimo pensò alla Nerina, a un cascinale vicino a Siena, tanti anni prima, una ragazza bionda e un pagliaio; e poi disse: «a volte riusciamo a dimenticarlo, ma ci vuole molta volontà e il senso delle nuvole, perché la carne è greve e chiama verso il centro della terra».

Afferrò il volatile per le zampe, lo disincagliò dalle protuberanze del pero, evitò che la pelugine della testa si impigliasse nelle frasche, gli chiuse le ali; e tenendolo abbracciato sulla schiena lo guidò fino a terra.

Era buffa, la creatura: non sapeva camminare. Quando toccò il suolo barcollò, e poi cadde su un fianco, e lì rimase ad annaspare con le zampe per aria, come un pollo malato, poi si poggiò su un braccio e drizzò le ali facendole frusciare e vorticare come le pale di un mulino a vento, probabilmente per rialzarsi, ma senza riuscirvi, finché Fra' Giovanni lo tirò su sostenendolo sotto le ascelle, e mentre lo sosteneva quelle piume frenetiche gli spazzolavano il viso facendogli il solletico, e lui lo faceva camminare tenendolo quasi sospeso sotto quella specie di ascelle come si sostiene un bambino; e mentre così facevano, le piume, aprendosi in un alfabeto che Fra' Giovanni capiva, gli chiesero: « cos'è questo? ». E lui rispose: « questa è terra, questa *è la terra* ». E poi, così camminando per il viottolo dell'orto, gli spiegò che la terra è fatta di terra, e di zolle, e nelle zolle crescono le piante, come ad esempio: pomidori, zucchine, cipolle.

Quando arrivarono alle volte del chiostro la creatura si impuntò. Frenò con le zampe, si irrigidì e disse che non voleva andare avanti. Fra' Giovanni la depose sulla panchina di granito appoggiata al muro e gli disse di aspettarlo; e quello rimase lì, col muro che lo sosteneva, a fissare il cielo con aria trasognata.

« Non vuole stare al chiuso », spiegò Fra' Giovanni al padre superiore, « non è mai stato al chiuso, dice che ha paura dello spazio chiuso, che lo spazio lo concepisce solo aperto, non sa cos'è la geometria ». E spiegò anche che quell'essere poteva vederlo solo lui, Fra' Giovanni, e nessun altro, perché sì, semplicemente; e il padre superiore, giusto perché era amico di Fra' Giovanni, poteva forse riuscire a sentire il frusciare delle ali se faceva attenzione, e gli chiese: « lo senti? ». E poi aggiunse che si trattava di una creatura spersa, arrivava da altri spazi, errabonda, si erano spersi in tre, erano un piccolo drappello di creature alla deriva, avevano vagato così, per cieli e arcani, finché quello era caduto sul pero. E aggiunse che dovevano ricoverarlo per la notte con qualcosa che ne impedisse la risalita, perché quando arrivava il buio quella creatura pativa la forza dell'ascensione, a cui andava soggetto, e se non aveva niente a trattenerlo sarebbe ripartito verso l'alto, di nuovo a vagare nell'etere come una scheggia alla deriva, e non potevano permetterlo, bisognava dargli ospitalità nel convento, perché a suo modo quella creatura era un pellegrino.

Il padre superiore ne convenne e pensarono al ricovero migliore: che fosse all'aperto, sì, ma trattenesse l'ascensione forzata: e così presero la rete dell'orto che proteggeva gli ortaggi da ricci e talpe: una rete di spaghi di canapa intrecciata dai giuncai di Fiesole, che lavorano bene.i vimini e il refe; e la tesero sopra quattro pali che piantarono in fondo all'orto, a ridosso del muro di cinta, così che formasse una specie di capanno a cielo aperto; e sulle zolle, che il volatile trovava così strane, misero uno strato di paglia asciutta e vi deposero la creatura, che trovò una sua posizione su un fianco, dopo alcuni accomodamenti del suo corpicino; si abbandonò con voluttà e cedendo alla stanchezza che doveva essersi trascinato per i cieli si addormentò subito. Allora anche i frati andarono a dormire.

Le altre due creature arrivarono la mattina successiva all'alba, mentre Fra' Giovanni si recava a far visita al pollaio dell'ospite per vedere se aveva riposato bene. Contro il chiarore rosa del giorno imminente le vide arrivare a volo raso, di sbieco, come se tentassero disperatamente di mantenere quota senza riuscirvi, ondeggiando con zig-zag paurosi, e da principio pensò che si sarebbero sfracellate contro il muro di cinta; invece lo evitarono per un pelo e poi, inaspettatamente, ripresero quota. Uno si librò nell'aria come un libellulone e poi si posò a gambe larghe sul muro di cinta, vi rimase un attimo a cavalcioni come indeciso da quale parte cadere e infine crollò a capofitto fra i cespugli di rosmarino dell'aiuola. Il secondo invece compì due volute a ricciolo, quasi una piroetta da saltimbanco, come una strana palla, perché era un essere rotondeggiante, gli mancava la parte inferiore del corpo, era solo un busto grassottello che finiva con una coda verdolina a spazzolone, un piumaggio ampio e folto che doveva essere la sua forza motrice e il suo timone. E proprio come una palla atterrò fra i filari di lattuga, rimbalzando due o tre volte, e data la forma e il colore verdeggiante lo si sarebbe detto un cespo d'insalata un po' più grosso degli altri che se ne andava a spasso per una burla della natura.

Fra' Giovanni lì per lì rimase indeciso su chi andare a soccorrere per primo, poi si decise per il libellulone, perché gli sembrava più bisognoso d'aiuto, ingolfato com'era malamente dentro ai cespugli di rosmarino, a testa in giù e con una gamba fuori che agitava come per chiedere aiuto. Sembrava proprio un libellulone, quando andò a tirarlo fuori; o perlomeno gli fece questo effetto; anzi, un grillone, a questo assomigliava, lungo e magro com'era, e tutto dinoccolato, con degli arti fini fini che si aveva paura a romperli a maneggiarli: e quasi traslucidi, verdechiaro come gli steli del grano non ancora maturo. E anche il petto era quello di un grillo, un petto a cuneo, appuntito, senza un briciolo di carne, anzi, ossa e pelle: però con un piumaggio così raso che sembrava quasi un pelame; dorato; e dorati erano anche i lunghi peli lucenti che gli spuntavano sul cranio, quasi capelli: perché capelli non erano; e che data la posizione, col capo all'in giù, gli nascondevano il viso.

Con mano timorosa Fra' Giovanni allungò il braccio e liberò la fronte da quei capelli: e gli apparvero prima due grandi occhi chiarissimi, come d'acqua, stupefatti, e poi un volto magro, bello, di carnato candido e con le guance rosse. Un volto di donna, perché quello era un volto femminile anche se su un corpo di strano insetto. Fra' Giovanni disse: «somigli alla Nerina, una ragazza che conobbi una volta e che si chiamava Nerina»; e cominciò a liberare la creatura dagli aghi del rosmarino; con circospezione, perché aveva paura di romperla; e perché aveva paura di spezzarle le ali, che somigliavano proprio a quelle delle libellule, ma grandi e affusolate, trasparenti, di un rosa azzurrato, e d'oro, con un reticolo finissimo come un velo. Prese in braccio la creatura, che era assai leggera, pesava quanto una fascina di paglia; e camminando per l'orto Fra' Giovanni gli andava ripetendo quello che già aveva detto il giorno prima all'altra creatura; che quella era la terra, e che la terra era fatta di terra, e di zolle, e nelle zolle crescono le piante, come ad esempio: pomidori, zucchine, cipolle.

Depose il volatile nel gabbione, accanto all'ospite che vi si trovava, e con premura andò a raccogliere l'altro esserucolo, quello tondeggiante che era finito nell'insalata. Che poi così tondeggiante come sembrava non era, perché il suo corpo si era come srotolato, e aveva la forma di un ricciolo, di un otto, anche se monco, perché difatti era solo un busto che finiva in una bella coda. Non era più grande di un lattante. Fra' Giovanni lo raccolse e ripetendo le sue spiegazioni sulla terra e sulle zolle lo portò fino al gabbione, e quando gli altri lo videro arrivare cominciarono ad agitarsi dall'allegria; Fra' Giovanni depose la pallina sulla paglia e con meraviglia li stette a guardare che si scambiavano colpetti di zampe, affettuose occhiate e tocchi di penne, parlando nel loro modo alare e anche ridendo per la gioia di essersi ritrovati.

Intanto era ormai giorno pieno e il sole bruciava già, e nel timore che il calore offendesse quelle strane carni, Fra' Giovanni riparò un lato del gabbione con delle frasche; poi, dopo aver chiesto se avevano ancora bisogno di lui e che se avevano ancora bisogno lo chiamassero pure col fruscìo, andò a cavare le cipolle di cui aveva bisogno per fare la minestra del mezzogiorno.

Quella notte il libellulone andò a visitarlo. Fra' Giovanni dormiva, lo vide seduto sullo sgabello della cella e gli sembrò di svegliarsi di soprassalto, invece era già sveglio. Era una notte di luna piena e il chiaro di luna disegnava il riquadro della finestra sul pavimento di mattoni. Fra' Giovanni sentiva un intenso profumo di basilico, così forte che gli dava una specie di ebbrezza. Si mise a sedere sul letto e disse: «sei tu che odori di basilico?». Il volatile gli mise una delle sue lunghissime dita sulla bocca, come a significargli di non parlare, poi gli si avvicinò e lo abbracciò. E allora Fra' Giovanni, confuso dalla notte, dal profumo di basilico e da quel volto candido con i capelli lunghi, disse: «Nerina, ti sto sognando». Il volatile sorrise, e prima di lasciarlo, con un fruscìo d'ali disse: «domani ci devi dipingere, siamo venuti apposta».

Fra' Giovanni si svegliò all'alba, come sempre faceva, e subito dopo la prima preghiera si recò al gabbione degli ospiti e scelse il primo modello. Qualche giorno prima, con certi confratelli che gli facevano da aiutanti, aveva dipinto nella ventitreesima cella del convento la crocifissione del Cristo, e aveva voluto che i suoi collaboratori guazzassero il fondo di verdaccio, che è una mescolanza di ocra, nero e cinabro, perché voleva che fosse il colore della disperazione di Maria che addita il figlio crocifisso con un gesto impietrito. Ma ora, che aveva lì a disposizione quell'esserucolo rotondeggiante con la coda imprendibile come una fiamma, per alleviare il dolore della vergine e per farle capire che il patimento del suo figliolo era volontà di Dio, pensò di raffigurare degli esseri divini che quali strumenti del destino celeste si prestassero a ribadire i chiodi nelle mani e nei piedi del Cristo. Dunque portò il volatile nella cella, lo depose su uno sgabello, a pancia in giù perché sembrasse in volo, e in simile posizione lo dipinse agli angoli della croce, raffigurandogli nella mano destra uno strumento per battere i chiodi: e i frati che con lui avevano affrescato la cella guardavano attoniti quella strana creatura che egli con rapidità incredibile faceva spuntare col pennello dalle tenebre della crocifissione, e in coro dicevano: « oh! ».

Così passò quella settimana, Fra' Giovanni, dipingendo e dimenticandosi persino di mangiare. Aggiunse un'altra figura in un affresco già completato, quello della trentaquattresima cella, dove aveva già dipinto il Cristo dell'orazione nell'Orto. La pittura sembrava già completa, come se non ci fosse più spazio; però trovò un angolino sopra gli alberi di destra e lì dipinse il libellulone che aveva il volto della Nerina, con le sue ali traslucide e dorate; e in mano gli mise un calice, affinché lo offrisse al Cristo.

Poi, per ultimo, dipinse il volatile che era arrivato per primo, e scelse il muro del corridoio del primo piano, perché voleva una parete ampia con una buona prospettiva. Prima dipinse un portico, con colonne e capitelli corinzi, e poi lo scorcio di un giardino chiuso da una palizzata. E infine mise in posa il volatile, in posizione genuflessa, appoggiandolo a uno scanno perché non cadesse; gli fece incrociare le mani sul petto in atteggiamento reverenziale e gli disse: « ti coprirò con una tunica rosa, perché hai un corpo troppo brutto. La Vergine la disegnerò domani, tu resisti questo pomeriggio, e poi potete ripartire: sto facendo un'Annunciazione ».

La sera aveva finito. Stava calando il crepuscolo e sentiva una certa stanchezza. E anche la malinconia che danno le cose quando sono finite e ormai non c'è più niente da fare e il tempo è passato. Andò al gabbione e lo trovò vuoto. C'erano rimaste quattro o cinque piume impigliate nella rete che si muovevano al vento fresco che scendeva dai colli di Fiesole. Fra' Giovanni ebbe l'impressione di sentire un intenso profumo di basilico, ma nell'orto non c'era basilico, c'erano le cipolle, che erano rimaste da raccogliere per una settimana e magari stavano già passando e fra un po' non sarebbero più state buone per fare la minestra. Perciò andò a raccoglierle avanti che marcissero.

Passato composto. Tre lettere

I
Lettera di Don Sebastiano de Aviz,*
re di Portogallo, a Francisco Goya, pittore

In questa mia dimensione di tenebra nella quale il futuro è già qui, ho sentito raccontare che le vostre mani sono insuperabili a dipingere carneficine e capricci. Aragona è la vostra terra, ed essa mi è cara per la sua solitudine, per la geometria delle sue strade e per il silenzioso verde dei suoi cortili nascosti dietro inferriate rotonde. Vi sono cappelle scure con immagini dolenti, reliquie, trecce di capelli in teche di vetro, flaconi di vere lacrime e di vero sangue – e

---

* Don Sebastiano de Aviz, 1554-1578, ultimo re portoghese della dinastia Aviz. Salì al trono ancora bambino, fu educato in un ambiente di misticismo, crebbe nella convinzione di essere eletto da Dio per grandi imprese. Coltivando il sogno di assoggettare la Barberia e di estendere il suo regno fino alla venerata Palestina, allestì un enorme esercito formato in gran parte da uomini di ventura e da pezzenti e si imbarcò in una crociata che segnò il disastro del Portogallo. Nei pressi di Al-Ksar el Kabir l'esercito portoghese, esausto per il caldo e la marcia forzata nel deserto, fu annientato dalla cavalleria leggera dei Mori nell'agosto del 1578. Con la scomparsa di Sebastiano, che non aveva discendenti diretti, il Portogallo subì l'unica dominazione straniera della sua storia: annesso alla corona di Spagna da Filippo Secondo ritrovò l'indipendenza nel 1640 dopo una rivolta nazionale.

piccole arene dove la fuga dalla bestia è impossibile e dove uomini snelli giocano con agili passi di ballerini. Della nostra penisola la vostra terra ha una virtù quintessenziale, nelle linee, nella fede e nella furia: di esse sceglierò alcune figure del simbolo, che come segno araldico di un paese unico voi siglerete in margine al quadro che vi ordino.

Dunque sulla destra farete il Sacro Cuore di Nostro Signore; ed esso sarà stillante e avvolto di spine come nelle iconografie che i ciechi e gli ambulanti vendono sui sagrati delle nostre chiese. Solo che sarà fedelmente riprodotto secondo l'anatomia dell'uomo, perché per patire in croce Nostro Signore si fece uomo e il suo cuore scoppiò umanamente e fu trafitto in quanto muscolo di carne. Voi lo farete così, muscolare e pulsante, turgido di sangue e di dolore: con il disegno delle vene, le arterie recise e il reticolo minuzioso della membrana che lo avvolge e che sarà aperta come un tendaggio e ripiegata su se stessa come la buccia di un frutto. Nel cuore sarà bene conficcare la lancia che lo trafisse: essa deve avere la lama a forma di uncino, onde produrre uno squarcio dal quale il sangue scorra copioso.

Sull'altro margine del quadro, a media altezza, così che risulterà necessariamente sul limitare dell'orizzonte, dipingerete un piccolo toro. Lo farete accucciato sulle zampe posteriori e con le zampe anteriori gentilmente atteggiate in avanti, come un cane domestico; e le sue corna saranno diaboliche e il suo aspetto malvagio. Nella fisionomia del mostro profonderete l'arte di quei capricci nei quali eccellete, e dunque sul suo muso passerà un ghigno: ma gli occhi saranno ingenui e quasi fanciulleschi. Il tempo sarà brumoso e l'ora quella del crepuscolo. Un'ombra serale, pietosa e molle, starà già calando e velerà la scena. Sul terreno ci saranno cadaveri, moltissimi cadaveri, fitti come le mosche. Voi li farete così, come siete bravo a fare, incongrui e innocenti come sono i morti. E accanto a loro, e fra le loro braccia, dipingerete le viole e le chitarre che essi portarono per compagnia verso la morte.

In mezzo al quadro e bene in alto, fra nuvole e cielo, farete un vascello. Esso non sarà un vascello ritratto secondo il vero, ma qualcosa come un sogno, un'apparizione o una chimera. Perché sarà insieme tutti i vascelli che portarono la mia gente per mari ignoti verso lontane coste e negli abissi infiniti degli oceani; e insieme sarà tutti i sogni che la mia gente sognò affacciata alle scogliere del mio paese proteso sull'acqua; e i mostri che essa creò nell'immaginazione, e le favole, i pesci, gli uccelli abbaglianti, i lutti e i miraggi. E insieme sarà anche i miei sogni che ereditai dai miei avi, e la mia silenziosa follia. Alla polena di questo vascello, che avrà figura umana, darete sembianze che paiano vive e che ricordino lontanamente il mio volto. Su di esse potrà aleggiare un sorriso, ma che sia incerto o vagamente ineffabile, come la nostalgia irrimediabile e sottile di chi sa che tutto è vano e che i venti che gonfiano le vele dei sogni non sono altro che aria, aria, aria.

II
Lettera di Mademoiselle Lenormand,*
cartomante, a Dolores Ibarruri, rivoluzionaria

Le mie carte effigiano dame vestite di sontuosi broccati, forzieri, castelli, e scheletri graziosi e danzanti, per niente macabri, onde predire acconciamente i fasti e la morte a principi delicati e a imperatori iracondi. Non so perché esse mi chiedono di leggere la tua vita che ancora non è, e che i molti anni che la separano da questo mio tempo attuale mi lasciano discernere solo per larghi e forse ingannevoli squarci. Forse è perché, nonostante la tua umile nascita, qualcosa nel tuo destino partecipa della natura dei monarchi e dei potenti: la profonda tristezza, come di una malattia mortale, di coloro che hanno la facoltà di decidere della sorte altrui, di disporre degli uomini, di muovere sulla scacchiera del destino, anche se per un nobile fine, povere vite umane.

Vedrai la luce nel cuore della Spagna, in un villaggio il cui nome mi è indistinto, velato di una polvere nera e crocchiante. Tuo padre si calerà nel buio ogni mattina all'alba e ne riemergerà a notte fonda, greve

* Mademoiselle Lenormand fu la cartomante di Napoleone e una delle più celebri veggenti della Francia dell'epoca.

di sporcizia e di stanchezza, per dormire un sonno di pietra in un letto vicino al tuo. Silenziosa e pia, terrorizzata da eventuali disgrazie, sarà tua madre, rinchiusa nel guscio di un vestito nero. Ti chiameranno Dolores, nome di cristiana reverenza, ignari che sia un nome presago del senso della tua vita.

La tua infanzia sarà vuota di tutto, questo lo scorgo con trasparenza: perfino del desiderio esatto di una bambola, perché non avendola mai vista non potrai neppure sognarla, ma desidererai solo vagamente una forma antropomorfa sulla quale trasferire i tuoi terrori infantili. Tua madre, povera donna rozza, non sa cucire fantocci, e ignora che i fanciulli hanno bisogno di giochi, perché essi hanno principalmente bisogno di cibo.

Crescerai con la giusta rabbia che hanno i poveri quando non sono rassegnati; parlerai a coloro che i potenti considerano strame e insegnerai loro a non diventare come era tua madre. Accenderai in loro la speranza, ed essi ti seguiranno, perché i poveri come vivrebbero senza speranza?

Conoscerai le minacce dei giudici, le percosse dei gendarmi, la volgarità dei carcerieri, il disprezzo dei servi. Ma tu sarai bella, furente, intrepida, infiammata dallo sdegno. Ti chiameranno la Pasionaria, per indicare il fuoco che ti brucia nel cuore.

Poi vedo una guerra. Tu organizzerai la tua gente, con voi ci saranno gli umili e coloro che credono nel riscatto degli uomini, e questa sarà la bandiera della tua battaglia. Combatterai anche gli ideali affini al tuo, perché li crederai meno perfetti. E il vero nemico, intanto, ti vincerà. Conoscerai la fuga, l'esilio, i nascondigli. Vivrai di silenzio e poco pane; e lunghe strade, diritte, ti indicheranno al tramonto orizzonti di terre estranee come quelle da cui starai fuggendo. Ti ospiteranno fienili e stalle, fossati, compagni sconosciuti, la pietà della gente.

Eri una donna del Sud, scura d'occhi e di capelli, avvezza a paesaggi assolati e biondi punteggiati dal rado bianco dei mulini di Don Chisciotte. Ti accoglieranno le pianure dell'Est, dove d'inverno il gelo mina la terra e il cuore degli uomini. Avevi una favella sonora e latina, dove le sillabe sembrano schiocchi di mani: una lingua fatta per chitarre, feste negli aranceti e sfide nelle arene dove uomini coraggiosi e stupidi lottano contro la bestia. Ti suonerà barbarica la lingua delle steppe, ma dovrai sostituirla alla tua. Ti daranno una medaglia e ogni anno, all'entrare del maggio, siederai su una tribuna, accanto a uomini taciturni, anch'essi con medaglie, a guardare sfilare sotto di te i soldati vestiti per l'occasione, mentre il vento diffonderà il rosso delle bandiere e le note stentoree di inni marziali suonati da macchine. Sarai un reduce con un appartamento, ricompensa in forma edile dell'eroismo.

La guerra ti visiterà di nuovo. Ci sono persone che la vita destina a vedere macerie e morte: tu sei una di queste. Il figlio che avrai avuto, il vero conforto della tua esistenza, te lo rapirà la morte in una città che verrà a chiamarsi Stalingrado. Dio, come fuggono rapidi gli anni per le mie carte e per i tuoi rimpianti: era un bambino appena ieri, e oggi è già un soldato morto. Tu sarai un eroe madre di eroe, e il tuo petto avrà un'altra medaglia. Sarà un dopoguerra, a Mosca. Vedo passi felpati sulla neve; un manto di immacolato candore tenta inutilmente di confondere le mie carte; percepisco la funerea tetraggine che impregna la città: alle fermate delle carrozze ciascuno guarda per terra per evitare lo sguardo del vicino.

Anche tu, la sera, rientrerai guardinga, perché è tempo di diffidenza. La notte ti sveglierai di soprassalto, madida di sudore, sospettando della tua stessa fedeltà, perché la peggiore eresia è quella di stimarsi ortodossi, e molti furono perduti dalla superbia. Lunghi e capziosi saranno i tuoi esami di coscienza. E intanto, dove sono finiti i vecchi compagni. Tutti scomparsi, tutti. Ti girerai nel letto, le lenzuola saranno di rovo; fuori fa così freddo, possibile che il guanciale sia una fornace?

« Tutti traditori? ».

« Tutti ».

« Anche Francisco, che rideva come un bambino e cantava il *romancero*? ».

« Anche Francisco ».

« Anche El Campesino, che aveva pianto con te i tuoi morti? ».

Certo, anche El Campesino, che ora pulisce le toilettes di Mosca. E il breve sonno sarà già finito, seduta sul letto, gli occhi sbarrati nella penombra (dovrai sempre lasciare una piccola luce accesa, perché non sopporterai l'oscurità), a fissare la parete di fronte. Ma che fare, d'altronde? Troppo lontano è il Sudamerica, e poi non si lascia uscire la Pasionaria dai confini amici di Russia.

Dunque penserai che è meglio attaccarti al tuo ideale, farne una fede più salda, ancora più salda, ancora più salda. E poi, in fondo, il tempo starà passando. Lentamente, molto lentamente: ma tutto passa. Passano gli uomini, le sofferenze, i disastri. Anche tu sarai già quasi passata, e ciò ti darà un sottile e segreto conforto. La crocchia frugale dei tuoi capelli si imbiancherà di anni e di dolori. Il viso sarà ascetico, secco, con due scavi profondi. Poi morirà anche il tuo Re. Starai in mezzo alla piazza, accanto alla bara: sarai sempre lì, giorno e notte, identica a te stessa, con gli occhi sempre aperti, silenziosa, inflessibile, mentre una folla immensa sfila muta di fronte al cadavere imbalsamato. Ieratica, statuaria, ritagliata nel macigno: quella è la Pasionaria, penserà la gente guardandoti, e qualche padre ti indicherà ai bambini. E intanto tu, per non cedere al panico e allo struggimento che ti hanno scavato gallerie nell'animo, con le mani in grembo andrai avvolgendo il fazzoletto e lo annoderai in un lembo (che cosa curiosa: perché le tue mani lisciano quel batuffolo tondo?); e ti verrà in mente una camera che il tempo si è portata via, un povero letto di ferro e una minuscola Dolores impaurita e malata, con le pupille invase dalla febbre, che chiama lamentosamente: « Mamaita, el jugete... Mamaita, por favor, el jugete... ». E tua madre si alza dalla seggiola e ti confeziona una bambola approssimativa annodando le cocche della sua pezzuola marrone.

Poi ti aspetteranno molti altri anni, ma saranno tutti uguali. Dolores Ibarruri, ti potrai guardare allo specchio, esso ti restituirà l'immagine della Pasionaria, non ci sarà nessun cambiamento.

Poi un giorno, forse, leggerai la mia lettera. O non la leggerai, ma ciò non avrà nessuna importanza, perché tu sarai vecchia, e tutto sarà già stato. Perché se la vita potesse tornare ad essere diversa da quella che è stata, annullerebbe il tempo e la successione delle cause e degli effetti che sono la vita stessa; e ciò sarebbe assurdo. E le mie carte, Dolores, non possono cambiare ciò che, dovendo essere, è già stato.

III
Lettera di Calipso, ninfa, a Odisseo, re di Itaca

Violetti e turgidi come carni segrete sono i calici dei fiori di Ogigia; piogge leggere e brevi, tiepide, alimentano il verde lucido dei suoi boschi; nessun inverno intorbida le acque dei suoi ruscelli.

È trascorso un battere di palpebre dalla tua partenza che a te pare remota, e la tua voce, che dal mare mi dice addio, ferisce ancora il mio udito divino in questo mio invalicabile ora. Guardo ogni giorno il carro del sole che corre nel cielo e seguo il suo tragitto verso il tuo occidente; guardo le mie mani immutabili e bianche; con un ramo traccio un segno sulla sabbia – come la misura di un vano conteggio; e poi lo cancello. E i segni che ho tracciato e cancellato sono migliaia, identico è il gesto e identica è la sabbia, e io sono identica. E tutto.

Tu, invece, vivi nel mutamento. Le tue mani si sono fatte ossute, con le nocche sporgenti, le salde vene azzurre che le percorrevano sul dorso sono andate assomigliando ai cordami nodosi della tua nave; e se un bambino gioca con esse, le corde azzurre sfuggono sotto la pelle e il bambino ride, e misura contro il tuo palmo la piccolezza della sua piccola mano. Allora tu lo scendi dalle ginocchia e lo posi per terra, perché ti ha colto un ricordo di anni lontani e un'ombra ti è passata sul viso: ma lui ti grida festoso attorno e tu subito lo riprendi e lo siedi sulla tavola di fronte a te: qualcosa di fondo e di non dicibile accade e tu intuisci, nella trasmissione della carne, la sostanza del tempo.

Ma di che sostanza è il tempo? E dove esso si forma, se tutto è stabilito, immutabile, unico? La notte guardo gli spazi fra le stelle, vedo il vuoto senza misura; e ciò che voi umani travolge e porta via, qui è un fisso momento privo di inizio e di fine.

Ah, Odisseo, poter sfuggire a questo verde perenne! Potere accompagnare le foglie che ingiallite cadono e vivere con esse il momento! Sapermi mortale.

Invidio la tua vecchiezza, e la desidero: e questa è la forma d'amore che sento per te. E sogno un'altra me stessa, vecchia e canuta, e cadente; e sogno di sentire le forze che mi vengono meno, di sentirmi ogni giorno più vicina al Grande Circolo nel quale tutto rientra e gira; di disperdere gli atomi che formano questo corpo di donna che io chiamo Calipso. E invece resto qui, a fissare il mare che si distende e si ritira, a sentirmi la sua immagine, a soffrire questa stanchezza di essere che mi strugge e che non sarà mai appagata – e il vacuo terrore dell'eterno.

L'amore di Don Pedro

Un uomo, una donna, la passione e un'insensata rivincita sono i personaggi di questa storia. Il greto candido del fiume Mondego che attraversa Coimbra ne fu lo scenario. Il tempo, che come concetto è essenziale nella vicenda, è di scarsa importanza come misura cronologica: per dovere di cronaca dirò che si era, comunque, alla metà del secolo decimoquarto.

L'antefatto partecipa del banale. Banali erano, allora, i matrimoni dettati da convenienze diplomatiche e da motivi di alleanze. Banale era il giovane principe Don Pedro che attendeva nel suo palazzo la promessa sposa, una nobildonna della vicina Spagna. E banalmente, come volevano consuetudine e norme, arrivò l'ambasceria nuziale: la futura sposa, le sue guardie, le sue damigelle d'onore. Oserei dire che banale fu anche che il giovane principe fosse preso d'amore per una damigella del seguito, la tenera Inês de Castro, che i cronisti e i poeti coevi, con gli stilemi dell'epoca, descrivono dall'esile collo e dalle rosee guance: banale perché, se era comune per un regnante sposare non una donna ma una ragione di stato, altrettanto comune era appagare i suoi sensi di uomo con una donna verso la quale lo spingessero motivi diversi dalla convenienza politica.

Ma il giovane Don Pedro nutriva il sentimento di una imprescindibile monogamia, e questo è il primo elemento non banale della vicenda. Acceso da un amore unico e non dimidiabile per la tenera Inês, Don Pedro contravvenne ai sottili canoni del surrettizio e alle cautele della diplomazia. Il matrimonio gli era stato imposto per motivi strettamente dinastici, ed egli vi assolse da un punto di vista strettamente dinastico: avuto l'erede che la volontà del vecchio padre esigeva, si alloggiò con Inês in un castello sul Mondego e fece di lei, senza matrimonio, la sua vera sposa. È il secondo elemento non banale della vicenda. A questo punto, nella figura di un impassibile carnefice, entra in scena la fredda violenza della ragione. Il vecchio re era un uomo saggio e prudente, e amava nel figlio, più che il figlio, il re che questi sarebbe stato. Radunò i consiglieri del regno ed essi gli suggerirono un rimedio che parve loro definitivo: cancellare dalla realtà l'ostacolo al buon senso dello Stato. Durante un'assenza del principe, Donna Inês fu messa a morte per ferro, come riferisce un cronista, nella sua dimora di Coimbra.

Passarono gli anni. La legittima regina era morta da tempo. Poi, un giorno, anche il vecchio padre morì, e Don Pedro fu re. La sua vendetta comincia a questo punto. Dapprima fu una vendetta crudele e nefanda, ma che appartiene ancora alla logica delle azioni umane. Con prodigiosa pazienza e notarile minuzia egli fece rintracciare dalla sua polizia gli antichi consiglieri paterni. Alcuni, già vecchi e dimessi dal loro incarico, vivevano in tranquillo ritiro; altri fu difficile raggiungerli: plausibili timori li avevano condotti fuori dal Portogallo, dove prestavano i loro servigi ad altri monarchi. Don Pedro li attese, a uno a uno, nel patio del suo palazzo. L'insonnia lo perseguitava. Certe notti si alzava e rompeva il silenzio insopportabile delle sue stanze, faceva accendere tutte le torce, chiamava i trombettieri e ordinava che suonassero. Il cronista del tempo che annota gli avvenimenti è prodigo di dettagli: descrive il cortile austero e spoglio, il rimbombo degli zoccoli dei cavalli sulla pietra, lo stridio dei catenacci, il grido delle guardie che annunciavano la cattura di un ricercato. Descrive anche la paziente attesa di Don Pedro, immobile a una finestra dalla quale dominava il cortile e la strada da cui sarebbero arrivate le sue vittime. Egli era un uomo alto e molto magro, con un viso ascetico e una lunga barba appuntita come un cerusico o un sacerdote, e vestiva sempre un identico mantello sull'identico giustacuore. L'esatto cronista riporta anche i dialoghi, anzi le suppliche, che i prigionieri rivolgevano al loro carnefice, e che non ebbero mai risposta: il re si limitava a fornire ragguagli di natura tecnica sul modo che riteneva più acconcio per porre fine alla vita delle sue vittime. Don Pedro era uomo non sprovvisto di ironia: per un prigioniero di nome Coelho, che in portoghese vuol dire « coniglio », scelse ad esempio una morte sulla graticola. A tutti faceva comunque squarciare il petto, ad alcuni ancora in vita, e ne faceva estrarre il cuore che gli veniva portato in un vassoio di rame. Egli prendeva l'organo ancora caldo e lo gettava alla sua muta di cani che aspettavano avidi sotto il terrazzo.

Ma la sua vendetta sanguinaria, che fa inorridire il buon cronista, fu per Don Pedro un placebo di scarsa efficacia. Il suo risentimento di uomo travolto da eventi irrimediabili non si accontentò del muscolo cardiaco di alcuni cortigiani: nella solitudine di pietra del suo palazzo egli meditò una rivincita più sottile, che non concerne il piano del pragma e dell'umano, ma quello del Tempo e della concatenazione degli eventi che sono la vita – e che in quel caso erano già stati. Egli pensò di correggere il definitivo.

Era una calda estate di Coimbra, e lungo il greto del fiume crescevano lavanda e ginestre. Le lavandaie battevano i loro panni nel rigagnolo pigro che correva come un serpe in mezzo ai ciottoli; e cantavano. Don Pedro capì che tutto – i suoi sudditi, quel fiume, i fiori, i canti, il suo stesso essere re che guardava il suo regno – sarebbe stato identico anche se tutto fosse stato diverso e niente fosse avvenuto; e che la formidabile plausibilità dell'esistenza, inesorabile come è inesorabile ciò che è reale, era più massiccia della sua ferocia, era inespugnabile dalla sua vendetta. Che cosa pensò esattamente, mentre guardava dalla sua finestra le bionde pianure del Portogallo? Quale tipo di pena lo assediò? La nostalgia di ciò che fu, può essere struggente; ma quella di ciò che avremmo voluto fosse, che avrebbe potuto essere e non fu, deve essere intollerabile. Probabilmente Don Pedro fu travolto da questa nostalgia. Nella sua incurabile insonnia, ogni notte, egli guardava le stelle: e forse le distanze siderali, gli spazi incommensurabili per il tempo umano gli dettero l'ispirazione. Forse a tale ispirazione concorse anche l'ironia sottile che con la nostalgia per ciò che non era stato gli covava nel petto. Egli meditò un piano geniale.

Don Pedro, come si è visto, era uomo di avare parole e di fermo carattere: l'indomani un bando frugale annunciava in tutto il regno una grande festa di popolo, l'incoronazione di una regina, un solenne viaggio di nozze, fra due ali di folla esultante, da Coimbra ad Alcobaça. Donna Inês fu esumata dalla tomba. Il cronista non rivela se fosse già uno scheletro spoglio o altrimenti decomposta. Fu vestita di bianco, incoronata e collocata sul cocchio regale scoperto, alla destra del re. Li trascinava una pariglia di cavalli bianchi, con grandi pennacchi colorati. Sonagliere d'argento sui musi delle bestie diffondevano ad ogni passo un suono squillante. La folla, come era ordinato, fece ala al corteo nuziale, coniugando reverenza di sudditi e ripugnanza. Sono propenso a credere che Don Pedro, incurante delle apparenze, dalle quali lo difendevano del resto i poteri di una poderosa immaginazione, fu certo di viaggiare non col cadavere della sua antica amata, ma con lei vera prima che fosse morta. Si potrebbe sostenere che egli fosse sostanzialmente pazzo, ma ciò sarebbe un'evidente semplificazione.

Da Coimbra ad Alcobaça ci sono ottanta chilometri. Don Pedro tornò da solo, in incognito, dalla sua immaginaria luna di miele: ad attendere Donna Inês, nell'abbazia di Alcobaça, c'era una dimora in pietra che il re aveva fatto scolpire da un artista di fama. Davanti al sarcofago di Inês, che sul coperchio la riproduceva nella sua giovanile bellezza, i piedi contro i piedi sì che nel giorno del giudizio i loro abitanti si trovassero faccia a faccia, c'era un sarcofago analogo, con l'immagine del re.

Don Pedro dovette attendere ancora molti anni prima di prendere posto nel sarcofago che gli era riservato. Impiegò questo tempo ad assolvere il suo mestiere di re: coniò monete d'oro e d'argento, pacificò il suo regno, scelse una donna che allietasse le sue stanze; fu un padre esemplare, un compagno discreto e cortese, un limpido amministratore della giustizia. Conobbe perfino l'allegria, e dette delle feste. Ma questi mi paiono particolari trascurabili. Quegli anni, probabilmente, ebbero per lui una misura diversa dalla misura di ogni uomo. Essi furono tutti uguali, e forse tutti subito, come se fossero già trascorsi.

Messaggio dalla penombra

La notte, in queste latitudini, cala all'improvviso, con un crepuscolo effimero che dura un soffio, e poi è buio. Io devo vivere soltanto in questo breve spazio di tempo, e per il resto non esisto. O meglio, ci sono, ma è come se non ci fossi, perché sono altrove, anche lì, dove ti ho lasciata, e poi dappertutto, in tutti i luoghi della terra, sui mari, nel vento che gonfia le vele dei velieri, nei viaggiatori che attraversano le pianure, nelle piazze delle città, con i loro mercanti e le loro voci e il flusso anonimo della folla. È difficile dire come è fatta la mia penombra, e che cosa significa. È come un sogno che sai di sognare, e in questo consiste la sua verità: nell'essere reale al di fuori del reale. La sua morfologia è quella dell'iride, o meglio delle gradualità labili che già non sono più mentre sono, come il tempo della nostra vita. Mi è dato di ripercorrerlo, questo tempo che più non è mio e che è stato nostro, ed esso corre svelto all'interno dei miei occhi: così rapido che io vi scorgo paesaggi e luoghi che abbiamo abitato, momenti che abbiamo diviso, e anche i nostri discorsi di un tempo, ricordi?, parlavamo dei parchi di Madrid e di una casa di pescatori dove avremmo voluto vivere, e dei mulini a vento, e delle scogliere a picco sul mare una notte d'inverno quando mangiammo il pancotto, e della cappella con gli ex-voto dei pescatori: madonne dal volto di popolane e naufraghi come burattini che si salvano dai flutti attaccandosi a un raggio di luce piovuta dal cielo. Ma tutto questo che mi passa dentro agli occhi, e che io pure decifro con esattezza minuziosa, è così rapido nella sua inarrestabile corsa che è solo un colore: è il malva del mattino sull'altopiano, è lo zafferano dei campi, è l'indaco di una notte di settembre, con la luna appesa all'albero sullo spiazzo di fronte alla vecchia casa, l'odore forte della terra e il tuo seno sinistro che io amavo con maggiore intensità, e la vita era lì, placata e scandita dal grillo che abitava accanto, e quella era la notte migliore di tutte le notti, perché era una notte liquida, come la polpa di un'albicocca.

Nel tempo di questo infinito minimo, che è l'intervallo fra il mio ora e il nostro allora, ti dico arrivederci e fischietto *Yesterday* e *Guaglione*. Ho posato il mio pullover sulla poltrona accanto alla mia, come quando andavamo al cinema e aspettavo che tu tornassi con le noccioline.

> La frase che segue è falsa.
> La frase che precede è vera

Madras, 12 gennaio 1985

Caro signor Tabucchi,
sono passati tre anni dal giorno in cui ci incontrammo alla Theosophical Society di Madras. Ammetto che il luogo non fosse il più propizio per una conoscenza. Avemmo appena il tempo di scambiare una breve conversazione, lei mi rivelò che stava cercando una persona e che stava scrivendo un piccolo diario indiano. Mi parve molto curioso dell'onomastica, ricordo che le piacque il mio nome e mi chiese il permesso di poterlo utilizzare, anche se camuffato, nel libro che stava scrivendo. Suppongo che più che la mia persona la interessassero due cose: le mie lontane origini portoghesi e il fatto che io conoscessi l'opera di Fernando Pessoa. Forse la nostra conversazione fu abbastanza stravagante: in realtà essa partì da due avverbi molto usati in Occidente (*practically* e *actually*) e poi tentammo di risalire alle categorie mentali che presiedono a avverbi come questi. Il che ci condusse, con una certa logica, a parlare del pragmatismo e della trascendenza, e spostò la nostra conversazione sul piano, forse inevitabile, delle rispetti-

ve credenze religiose. Ricordo che lei si professò, mi pare con un certo imbarazzo, agnostico, e a una mia richiesta di ipotesi su una sua eventuale reincarnazione lei rispose che se mai fosse avvenuta sarebbe stata, sicuramente, in un pollo zoppo (*a lame chicken*). Inizialmente pensai che fosse irlandese, forse perché gli irlandesi, più degli inglesi hanno una loro speciale maniera di affrontare il problema religioso. Devo dire con tutta onestà che lei mi insospettì. Di solito gli europei che arrivano in India si dividono in due categorie: coloro che credono di avere scoperto la trascendenza e coloro che professano il più radicale laicismo. Ebbi l'impressione che lei ironizzasse su entrambi gli atteggiamenti, e ciò, in fondo, non mi piacque. Ci salutammo con una certa freddezza. Quando la lasciai ero sicuro che il suo libro, se lo avesse scritto, sarebbe stato uno di quegli insopportabili resoconti occidentali che mescolano folklore e miseria nell'India incomprensibile.

Ammetto che mi sbagliavo. La lettura del suo *Indian Nocturne* mi ha suggerito alcune considerazioni che mi spingono a scriverle questa lettera. Intanto desidero dirle che se il teosofo del capitolo sesto ritrae in parte la mia persona, è un ritratto spiritoso e quasi divertente, anche se marcato da una severità che non credo di meritare ma che trovo plausibile nella sua maniera di vedermi. Ma non sono queste, certo, le considerazioni che mi spingono a scriverle. Vorrei invece cominciare con una sentenza induista che tradotta nella sua lingua suona più o meno in questo modo: l'uomo che crede di conoscere la sua (o propria?) vita conosce in realtà la sua (o propria?) morte.

Non ho nessun dubbio che *Indian Nocturne* parli dell'apparenza, e cioè della morte. Esso è tutto un libro sulla morte. Lo sono le parti in cui parla della fotografia e dell'immagine, dell'impossibilità di trovare ciò che si è perduto: il tempo, le persone, la propria immagine, la Storia (così come la intende la cultura occidentale, perlomeno a partire da Hegel, uno dei filosofi più stolti che la vostra cultura abbia, credo, conosciuto). Ma queste parti sono anche un'iniziazione, della quale alcuni capitoli costituiscono una tappa segreta e misteriosa. Ogni iniziazione è misteriosa, non è necessario invocare la filosofia induista perché anche le religioni occidentali credono in questo mistero (l'Evangelo). La fede è misteriosa, ed essa, a suo modo, è una forma di iniziazione. Ma credo che anche i più consapevoli creatori dell'occidente avvertano questo mistero. E a questo proposito mi consenta di citarle un'affermazione del compositore Emmanuel Nunes che ho avuto la sorte di ascoltare recentemente in Europa: « Sur cette route infinie, qui les unit, furent bâties deux cités: la Musique et la Poésie. La première est née, en partie, de cet élan voyageur qui attire le Son vers le Verbe, de ce désir vital de sortir de soi-même, de la fascination de l'Autre, de l'aventure qui consiste à vouloir prendre possession d'un sens qui n'est pas le sien. La seconde jaillit de cette montée ou descente du Verbe vers sa propre origine, de ce besoin non moins vital de revisiter le lieu d'effroi où l'on passe du non-être à l'être ».

Ma vorrei venire alla conclusione del suo libro, all'ultimo capitolo. Durante il mio ultimo viaggio in Europa, dopo avere acquistato il suo libro, ho cercato alcuni giornali per la semplice curiosità di vedere che cosa la critica letteraria avrebbe pensato della sua conclusione. Non ho potuto naturalmente ottenere una documentazione esauriente, ma i pochi articoli che ho potuto leggere mi hanno confermato la mia convinzione. Era evidente che la critica occidentale non poteva interpretare il suo libro se non in una maniera occidentale. E ciò significa la cultura del « doppio », Otto Rank, *The Secret Sharer* di Conrad, la psicoanalisi, il « gioco » letterario e altre categorie culturali che vi sono proprie (o sue?). Non poteva essere altrimenti. Ma io sospetto che lei volesse dire altre cose; e sospetto anche che quella sera a Madras quando mi confessò di non conoscere affatto il pensiero induista, lei, per una ragione che ignoro, stesse mentendo (dire menzogne). Credo infatti che lei conosca il pensiero gnostico orientale e anche i pensatori occidentali che hanno intrapreso il cammino della gnosi. Lei conosce il Mandala, ne sono certo, e lo ha semplicemente trasferito nella sua cultura. Il simbolo della totalità, in India, è stato illustrato di preferenza nel Mandala (etimo latino *mundus*, in sanscrito « globo », « anello »), e anche nello zero e nello specchio. Lo zero, scoperto per voi nel quarto secolo dopo Cristo, servì in India da simbolo del Brâhman e del Nirvânam, come matrice del tutto e del nulla, luce e tenebra; nonché equivalente del « come se » della dualità nell'Upanishad. Ma prendiamo un simbolo per voi più comprensibile: lo specchio. Prendiamo dunque uno specchio in mano e guardiamo. Esso ci riflette identici invertendo le parti. Ciò che è a destra si traspone a sinistra e viceversa, sicché *chi* ci guarda siamo noi, ma non gli stessi noi che un altro guarda. Restituendoci la nostra immagine invertita sull'asse avanti-dietro, lo specchio produce un effetto che può anche adombrare un sortilegio: ci guarda da fuori ma è come se ci frugasse dentro, la nostra vista non ci è indifferente, ci intriga e ci turba come quella di nessun altro: i filosofi taoisti la chiamarono *lo sguardo ritornato*.

Mi consenta un salto logico che forse lei capirà. Siamo alla gnosi dell'Upanishad e ai dialoghi di Misargatta Maharaj con i suoi discepoli. Conoscere il Sé significa scoprire in noi ciò che è già nostro, e scoprire altresì che non c'è reale differenza fra l'essere in me e la totalità universale. La gnosi buddista compie un passo ulteriore, un non-ritorno: nullifica anche il Sé. Dietro l'ultima maschera, il Sé si mostra assente.

Vengo alla conclusione di questa mia, mi rendo conto, troppo lunga lettera, e probabilmente di un'impertinenza che i nostri rapporti non giustificano. Perdoni un'ultima intrusione nella sua privatezza, in parte giustificata dalla confidenza che mi fece quella sera a Madras sulla sua probabile reincarnazione, e che non ho l'ardire di considerare una semplice «boutade». Anche la mente induista, nonostante pensi che la via del Karma sia già scritta, mantiene la segreta speranza che l'armonia del cuore e della mente aprano cammini diversi da quelli segnati. Le auguro sinceramente che la sua incarnazione non sia quella che lei prevedeva. Io almeno lo spero. Mi creda il suo

XAVIER JANATA MONROY

Vecchiano, 18 aprile 1985

Caro signor Janata Monroy,
la sua lettera mi ha profondamente toccato. Essa esige una risposta, e io temo che sarà assai inferiore a ciò che la sua lettera postula. Prima di tutto lasci che la ringrazi per avermi permesso di usare una parte del suo nome per un personaggio del mio libro; e inoltre per non essersi risentito del romanzesco personaggio del teosofo di Madras per il quale la sua figura è stata fonte di ispirazione. Gli scrittori sono di solito persone poco fidate anche quando sostengono di praticare il più rigoroso realismo: per ciò che mi riguarda merito dunque la massima sfiducia.

Lei conferisce al mio piccolo libro, e dunque alla visione del mondo che da esso traspare, una profondità religiosa e una complessità filosofica che non credo, purtroppo, di possedere. Ma, come dice il poeta che entrambi conosciamo, «tutto vale la pena se l'anima non è angusta». E dunque anche il mio libro vale la pena, non tanto in sé, ma per quello che un'anima vasta riesce a leggervi.

Ma i libri, come lei sa, sono quasi sempre più grandi di noi. Per parlare di chi ha scritto quel libro devo, mio malgrado, venire all'aneddotica (non oso dire biografia), che è nel mio caso banale e di basso rango. La sera in cui ci conoscemmo alla Theosophical Society, io ero reduce da una curiosa avventura. Molte cose mi erano successe a Madras: avevo avuto la sorte di conoscere alcune persone e di meditare su alcune strane storie. Ma quanto mi era successo riguardava me solo. Grazie alla complicità di un guardiano ero riuscito a penetrare nel recinto del Tempio di Shiva Orrifico, che come lei sa è rigorosamente vietato ai non induisti, con il preciso intento di fotografarne gli altari. Poiché lei ha capito il senso che io attribuisco alla fotografia, capirà che si trattava di una duplice profanazione. Forse anche di una sfida, perché Shiva Orrifico si identifica con la Morte e il Tempo, è il *Bhoirava*, il Terrore, e si manifesta in sessantaquattro varietà che il tempio di Madras illustra e che io desideravo fotografare personalmente. Erano le due pomeridiane, allorché il tempio chiude i battenti per la pausa di riposo, dunque tutto il territorio era deserto, a eccezione di alcuni lebbrosi che vi dormono e che non mi prestarono la minima attenzione. So di suscitare in lei un sentimento di profonda disapprovazione, ma non voglio mentire. Faceva un caldo opprimente, il grande monsone era appena passato e il recinto era pieno di pozze d'acqua stagnante. Nugoli di mosche e d'insetti vagavano nell'aria e il fetore degli escrementi delle vacche era insopportabile. Di fronte agli altari di Shiva come traditore, dopo le cisterne per le abluzioni, c'è un piccolo muro per le offerte votive. Io vi salii sopra e cominciai a scattare le mie fotografie. In quel momento un pezzo di muro sul quale stavo, vecchio e inzuppato dalle piogge, crollò. Naturalmente le sto fornendo una spiegazione « pragmatica » dell'accaduto, perché la cosa, considerata da un altro punto di vista, potrebbe avere un'altra spiegazione. Ad ogni modo, nel crollo io caddi e mi provocai alcune escoriazioni alla gamba destra che in poche ore, quando rientrai in albergo, mi avevano prodotto un'enfiagione incredibile. Solo l'indomani decisi di andare da un medico, anche perché prima di venire in India non avevo fatto nessun vaccino e temevo un'infezione tetanica che la mia gamba sembrava francamente promettere. Con mio grande stupore il medico rifiutò di farmi l'antitetanica, ritenendola superflua, perché, secondo quanto disse, il tetano in India ha un decorso molto più rapido che in Europa, e « se fosse stato tetano a quell'ora sarei già morto ». Si trattava solo di « un'infezione semplice », disse, e bastava la streptomicina. Si mostrò assai sorpreso che non si fosse verificata un'infezione tetanica, ma evidentemente, concluse, a volte si trovano degli europei resistenti.

Sono certo che lei troverà ridicola la mia storia, ma è quello che ho da raccontarle. Per quanto riguarda la sua interpretazione gnostica del mio *Notturno*, o meglio, della sua conclusione, le ripeto con tutta sincerità che io non conosco il Mandala, le mie conoscenze dell'induismo sono vaghe e assai approssimative, consistono nel riassunto di una guida turistica e in un libretto tascabile comprato all'aeroporto (*L'Induisme*, collection « Que sais-je? »). Per quanto concerne il problema dello specchio mi sono documentato in fretta solo dopo aver ricevuto la sua lettera. Ho chiesto aiuto ai libri di una dotta studiosa, la professoressa Grazia Marchianò, e sto apprendendo a fatica i primi rudimenti di una filosofia della quale sono disastrosamente ignaro.

E infine devo dirle che a mio avviso il senso più immediato del *Notturno* rispecchia uno stato di spirito molto meno profondo di quanto lei ha potuto generosamente supporre. Per motivi privati dei quali le risparmio la noiosa conoscenza, ma certo anche perché mi trovavo in un continente così lontano dal mio mondo, provai allora un sentimento di estraneità molto forte verso tutto: a tale punto che non sapevo più perché ero lì, quale era il senso del mio viaggio, e quale senso aveva ciò che stavo facendo e ciò che io stesso ero. Da ciò, forse, il mio libro. Insomma, un equivoco. L'equivoco evidentemente mi si addice. A conferma di quanto le dico mi permetto di mandarle questo mio ultimo libro pubblicato pochi giorni fa. Lei conosce molto bene l'italiano e forse avrà voglia di dargli un'occhiata. Mi creda suo

ANTONIO TABUCCHI

Madras, 13 giugno 1985

Caro signor Tabucchi,
grazie per la sua lettera e per il suo regalo. Ho appena terminato i *Piccoli equivoci senza importanza* e l'altro libro di racconti, il *Rovescio*, che ha avuto la gentilezza di accompagnare a questo. Ha fatto bene, perché essi si completano a vicenda e la mia lettura è stata più confortevole.

Mi rendo perfettamente conto che la mia lettera le abbia causato un certo imbarazzo, così come mi rendo conto che lei, per ragioni sue, desideri sottrarsi alle interpretazioni gnostiche che io ho fornito dei suoi libri e che lei vuole appunto negare. Come le dicevo nella mia prima lettera, gli europei che visitano l'India si dividono di solito in due categorie: coloro che credono di avere scoperto la trascendenza e coloro che professano il più radicale laicismo. Temo che nonostante la ricerca di una terza via, lei rientri in queste categorie.

Mi perdoni l'insistenza. Anche la posizione filosofica (posso definirla in questo modo?) che lei definisce « Equivoco », pure se vestita di cultura occidentale (il Barocco) corrisponde all'antico precetto induista che l'equivoco (l'errore della vita) equivale a un viaggio iniziatico intorno all'illusione del reale, intorno cioè alla vita umana terrena. Tutto è identico, diciamo noi; e mi pare che lei affermi la stessa cosa, anche se la sua è una posizione di scetticismo (per caso, è forse considerato un pessimista?). Ma voglio abbandonare la mia cultura e usare un momento la sua. Lei forse ricorderà il paradosso di Epimenide che dice più o meno così: *La frase che segue è falsa. La frase che precede è vera.* Come avrà osservato le due metà della sentenza sono l'una lo specchio dell'altra. Riesumando questo paradosso, un matematico americano, Richard Hoffstadter, autore di un trattato sul teorema di Gödel, ha recentemente messo in crisi la dicotomia logica (aristotelica-cartesiana) sulla quale la vostra cultura è basata e secondo la quale ogni affermazione deve essere o vera o falsa. Infatti questa affermazione può essere contemporaneamente vera e falsa; e ciò perché si riferisce a se stessa al negativo: è un serpente che si morde la coda o, secondo la definizione di Hoffstadter, un « anello strano » (*a strange loop*).

Anche la vita è un anello strano. Siamo nuovamente all'induismo. Su questo è almeno d'accordo, signor Tabucchi? Mi creda suo

XAVIER JANATA MONROY

Vecchiano, 10 luglio 1985

Caro signor Janata Monroy,
come al solito la sua lettera mi ha obbligato a una precipitosa e purtroppo superficiale acculturazione. Del matematico americano di cui mi parla ho rintracciato notizie solo su una rivista italiana, attraverso un servizio dagli Stati Uniti del giornalista Sandro Stille. Il servizio era molto interessante e mi riprometto di documentarmi in modo più approfondito. Tuttavia non mi intendo di logica matematica: forse

non mi intendo di nessun tipo di logica, credo addirittura di essere la persona più illogica che io conosca, e dunque credo che non progredirò molto in simili studi. Forse, come dice lei, la vita è davvero « un anello strano ». Mi pare giusto che ciascuno intenda questa espressione secondo l'accezione culturale che preferisce.

Ma lasci che le dica una cosa. Non creda troppo a ciò che affermano gli scrittori: essi mentono (dire menzogne) quasi sempre. Ha detto uno scrittore di lingua spagnola che forse lei conosce, Mario Vargas Llosa, che scrivere un racconto è una cerimonia simile allo *strip-tease*. Come la ragazza che sotto un impudico riflettore si spoglia dei suoi vestiti e mostra le sue grazie segrete, anche lo scrittore denuda in pubblico la sua intimità attraverso i suoi racconti. Ci sono, evidentemente, delle differenze. Ciò che lo scrittore esibisce di se stesso non sono le sue segrete grazie, come la disinvolta ragazza, ma i fantasmi che lo assediano, la parte più brutta di se stesso: le sue nostalgie, le sue colpe e i suoi rancori. Un'altra differenza è che mentre nel suo spettacolo la ragazza comincia vestita e finisce nuda, nel caso del racconto la traiettoria è inversa: lo scrittore comincia con l'essere nudo e finisce per rivestirsi. Forse noi scrittori abbiamo semplicemente *paura*. Ci consideri pure dei codardi, e ci lasci alle nostre private colpe e ai nostri privati fantasmi. Il resto è nuvole. Suo

ANTONIO TABUCCHI

La battaglia di San Romano

Avrei voluto parlarti del cielo di Castiglia. Il celeste e le nuvole gonfie e rapide spinte dal vento dell'altopiano, e il monastero di Santa Maria de Huerta, sulla strada di Madrid, dove arrivai un pomeriggio di fine primavera e c'era Orson Welles che girava il *Falstaff*, e mi parve la cosa più naturale del mondo trovare quell'omone barbuto col sigaro in bocca, vestito con un giustacuore, seduto su una seggiola nel chiostro cistercense. Dirti: guarda, ero così, era tanti anni fa, mi piaceva la Spagna, *Colline come elefanti bianchi*, era come spostare la tenda di turaccioli di un'osteria un po' sporca ed entrare in un libro di Hemingway, era quella la porta della vita, sapeva di letteratura come una pagina di *Fiesta*. Era un giorno di festa, io non ero ancora io, potevo avere la leggerezza innocente di chi aspetta gli eventi; osare qualcosa, scrivere quei racconti tipo *Cena con Federico* dove si descriveva il limbo dell'adolescenza, meriggi pigri, cicale: roba da niente, allora, ma ora ci vorrebbe un coraggio.

Sentivo il poeta che leggeva le sue poesie, diceva « mia Croce del Sud, mio vespero », ed era pieno di tenerezza per una donna di poesia, che poi sostanzialmente era lui stesso, io lo sentivo che lui amava davvero questa donna, perché l'amava proprio nel modo più autentico, perché lui amava sé in lei, e questo è il vero segreto e a suo modo un'innocenza, e io mi sono detto: è troppo tardi.

Bello, l'albergo, con specchi anneriti e cornici a riccioli, colonne neoclassiche di legno, un pubblico discreto e scelto da serata tardi e albergo di lusso, e io ad ascoltare col cuore che mi batteva, pieno di rimorso e di vergogna.

Perché lui aveva questo coraggio e io no, pensavo, cos'è questa virtù?, la poesia, l'inconsapevolezza, la consapevolezza o che altro? E poi ho visto questo paziente veicolo che ci trasporta da migliaia d'anni: in un vassoio di frutta posato su un buffet c'era un'arancia, il maestro ci diceva: guardate bambini, questo è il mondo, è fatto così, come un'arancia; è stata un'immagine improvvisa riemersa dal pozzo della memoria, e su quell'arancia ho cercato le lunghe strade della Castiglia, e una piccola automobile che correva credendo di entrare nella vita attraverso la tenda di turaccioli di una pagina di Hemingway, e invece ho visto solo una buccia d'arancia, era tutto sparito dalla superficie del frutto, il poeta leggeva con una voce bella e gentile la sua bella poesia, mi stavo commovendo, ma non per quello che diceva (o meglio, anche per quello); ma per me, perché ero incapace di rintracciare sull'arancia la strada di quel pomeriggio in cui trovai Orson Welles e del quale avrei voluto parlarti. E così sono salito in camera a guardare gli ingrandimenti che mi ero portato dietro dal laboratorio, avevo scomposto il quadro pezzetto per pezzetto dividendolo in un fitto reticolato e avevo fotografato ogni quadratino del reticolato; sarà un lavoro lungo e minuzioso fatto di pazienza, di sere interminabili con la lente e la lampada; la crosta della cornice dilatata dall'ingrandimento è un'epidermide piena di rughe e cicatrici, fa quasi senso, si capisce che fu un organismo vivente, e ora è qui come corpo cadavere e io lo notomizzo per dargli un senso che ha perduto col passare del tempo e che forse non era il suo, come cerco di darlo a quel pomeriggio sulla strada di Madrid e so che gliene sto dando uno diverso, perché il suo vero senso lo aveva solo in quel momento, quando io non sapevo che senso aveva, e ora che era un senso fatto di giovinezza e Spagna oleografica e romanzi di Hemingway è una lettura di ciò che sono ora: è a suo modo un falso.

Questo racconto, il cui io-narrante è naturalmente da considerarsi un personaggio di finzione, deve molto alle osservazioni di due studiosi dell'arte sopra due tavole del trittico di Paolo Uccello, La battaglia di San Romano, *che si trovano rispettivamente alla National Gallery e al Louvre. Della prima, che raffigura Niccolò da Tolentino alla testa dei fiorentini, P. Francastel (*Peinture et société, *Lyon 1951) notò, analizzando la prospettiva spaziale, che Paolo Uccel-*

lo impiega simultaneamente diverse prospettive, fra le quali una prospettiva sfuggente in primo piano e una prospettiva « a scomparti » nel fondo. La tavola del Louvre, che rappresenta l'intervento di Micheletto da Cotignola, attirò l'attenzione, per i suoi problemi prospettici, di A. Parronchi (Studi sulla dolce prospettiva, Milano 1964). *Lo studioso esamina l'uso pittorico delle foglie d'argento delle corazze, supponendo che ad esse siano dovuti effetti di riflessione e moltiplicazione delle immagini. La tavola del Louvre, in sostanza, conterrebbe la dimostrazione di un gioco prospettico già enunciato nella* Perspectiva *di Vitelione; gioco secondo il quale « è possibile situare in tal modo lo specchio che il riguardante veda nell'aria, al di fuori dello specchio, l'immagine di una cosa che è fuori dal suo occhio ». La tavola di Paolo Uccello, in tal modo, offrirebbe la rappresentazione non di esseri reali, ma di fantasmi.*

Mi resta da dire che l'autore di questa lettera si rivolge a un personaggio femminile.

Storia di una storia che non c'è

Ho un romanzo assente che ha una storia che desidero raccontare. Il romanzo si chiamava *Lettere a Capitano Nemo*, titolo poi modificato in *Nessuno dietro la porta*. Esso nacque nella primavera del 1977, mi pare, durante quindici giorni di selvatichezza e rapimento in un paesino vicino a Siena. Non so bene che cosa me lo dettò: in parte certi ricordi, che in me si mescolano quasi sempre con la fantasia e che dunque sono poco attendibili; in parte l'urgenza della finzione stessa, che ha sempre un peso non trascurabile; in parte la solitudine, che è spesso la compagnia della scrittura. Senza rifletterci molto, della storia feci un romanzo (un racconto lungo) e lo inviai a un editore che lo trovò forse troppo allusivo, un po' sfuggente e, dal suo punto di vista di editore, non molto accessibile e decifrabile. Credo che avesse ragione. Con tutta franchezza non so quale fosse, letterariamente parlando, il suo valore. Lo lasciai decantare un po' riponendolo in un cassetto, perché l'oscurità e la dimenticanza giovano alle storie, credo. Forse lo dimenticai davvero. Mi capitò fra le mani qualche anno più tardi e il suo ritrovamento mi fece una strana impressione. Sbucò all'improvviso dall'oscurità di un comò, da sotto una massa di carte, come un sottomarino che sbucasse da oscuri fondali. Lessi in ciò un'evidente metafora, quasi un messaggio (il romanzo parlava anche di un sottomarino); e come se fosse una giustificazione, o un'espiazione (è curioso come i romanzi possano provocare complessi di colpa), sentii la necessità di aggiungere una nota conclusiva, l'unica cosa che resta di tutto quanto, col titolo che ancora oggi conserva: *Oltre la fine*. Mi pare fosse l'inverno del 1979. Al romanzo apportai qualche ritocco e poi lo affidai a un editore che mi pareva più idoneo, per le sue caratteristiche, a pubblicare un libro dalla non facile lettura. La mia scelta si rivelò giusta, l'accordo fu presto raggiunto e io promisi la consegna per il prossimo autunno. Solo che, durante le vacanze estive, portai il dattiloscritto nella mia valigia. Era rimasto solo tanto tempo, aveva bisogno di compagnia, lo sentivo. Lo rilessi alla fine di agosto. Mi trovavo in una vecchia casa sull'Atlantico, abitata dal vento e dai fantasmi. Non si trattava di miei fantasmi, ma di fantasmi veri: penose presenze che per avvertire bastava un minimo di attenzione o di disponibilità. Fra l'altro io avevo un'attenzione particolarmente acuta, in quel momento, perché la storia di quella casa la conoscevo bene, e anche le persone che vi avevano abitato: ed esse, per le inspiegabili coincidenze della vita, erano in qualche modo entrate a fare parte della mia vita. E intanto era sopravvenuto il settembre, con le mareggiate furiose che preludevano all'equinozio; nella casa a volte mancava la corrente, gli alberi del parco avevano braccia inquiete, durante la notte i corridoi erano pieni dei gemiti del vecchio legno; venivano rari amici a cena, i fari delle loro automobili disegnavano fasci bianchi nel buio, davanti alla casa c'era una falesia con uno strapiombo pauroso, là in fondo vorticavano le onde; io ero solo, questo lo sapevo con certezza, e nella solitudine dell'esistenza le inquiete presenze dei fantasmi cercano contatti. Ma non sono possibili veri dialoghi, bisogna rassegnarsi a linguaggi bizzarri, non traducibili, affidati a stratagemmi inventati sul momento. Non trovai altro di meglio che affidarmi al linguaggio di una luce. C'era un faro, dall'altra parte del golfo. Emetteva due luci, e aveva quattro intermittenze. Con le combinazioni di queste variabili inventai un linguaggio mentale molto approssimativo ma sufficiente a una basica conversazione. Alcune notti mi capitava di avere delle insonnie. La vecchia casa aveva un grande terrazzo e io passavo la notte parlando col faro, cioè servendomi di esso per trasmettere i miei messaggi o per riceverli, a seconda del momento – il tutto stabilito da me, naturalmente. Ma certe cose sono più facili di quanto non si creda; ad esempio basta pensare: stanotte trasmetto; oppure: stanotte ricevo. E la cosa è combinata.

In quelle notti ricevetti molte storie. Trasmisi poco, lo confesso, la maggior parte del tempo la passai ad ascoltare. Quelle presenze avevano desiderio di parlare, e io stetti a sentire le loro storie cercando di decifrare comunicazioni spesso disturbate, oscure e sconnesse. Erano storie infelici, perlopiù, questo lo sentii con chiarezza. Così, fra quei dialoghi silenziosi, arrivò l'equinozio d'autunno. Quel giorno il mare entrò in burrasca, lo sentii mugghiare fin dall'alba; il pomeriggio una forza enorme sconvolgeva le sue viscere. La sera grosse nuvole calarono sull'orizzonte e la comunicazione con i miei interlocutori fu interrotta. Andai sulla falesia verso le due di notte, dopo una vana attesa della luce del faro. L'oceano urlava in modo insopportabile, come se fosse pieno di voci e di lamenti. Portai con me il romanzo e lo affidai al vento, pagina per pagina. Non so se fu un tributo, un omaggio, un sacrificio o una penitenza.

Da quel giorno sono passati altri anni e ora quella storia scritta molto tempo fa sbuca di nuovo dall'oscurità di altri comò, da altri fondali. La vedo in bianco e nero, come di solito sogno; oppure con colori sfumati e molto tenui; e tutto con una leggera nebbia, un velo sottile che la ammorbidisce e la smussa. Lo schermo su cui è proiettata è il cielo notturno di un litorale atlantico, davanti a una vecchia casa che si chiamava São José da Guia. A quelle antiche mura, che ormai non esistono più come io le conobbi; e a tutte le persone che prima di me la conobbero e la abitarono, questo romanzo inesistente, obbligatoriamente, è dedicato.

La traduzione

È una splendida giornata, puoi starne certo, anzi, direi che è estate, è impossibile non riconoscere l'estate, lascia che te lo dica, io me ne intendo. Vuoi sapere da cosa lo deduco, oh, beh, è facilissimo, come dire?, basta guardare quel giallo. Come sarebbe a dire? Dunque, stammi bene a sentire, hai presente il giallo? Sì, il giallo, e quando dico il giallo intendo proprio il giallo, che non è il rosso o il bianco, ma proprio il giallo, esattamente giallo. Il giallo, quello là a destra, quella macchia a stella di giallo che si espande sulla campagna come se fosse una foglia, un bagliore, insomma qualcosa di questo tipo, dell'erba seccata dalla calura, mi faccio capire?

Quella casa pare proprio che stia sopra il giallo, che sia retta dal giallo. È strano che se ne veda poca, solo un pezzo, mi piacerebbe saperne di più, chissà chi ci abita, magari la signora che sta attraversando il ponticello. Sarebbe interessante sapere dove sta andando, può darsi che stia seguendo la carrozzella, forse il barroccino che si vede vicino ai due pioppi del fondo, dalla parte sinistra. Potrebbe essere vedova, dato che è vestita di nero. E poi ha anche un ombrello nero. Comunque quello le serve per ripararsi dal sole, perché ti ripeto che è estate, non ci sono dubbi. Ma ora vorrei parlare di quel ponte, anzi, chiamiamolo ponticello, è così grazioso, tutto fatto di mattoni, avanza con le fondamenta fino a metà del canale. Sai cosa ti dico? Che la sua grazia consiste in quel marchingegno di legno e corde che lo copre come l'armatura di una pensilina. Sembra un giocattolo per un bambino intelligente, hai presente quei bambini che sembrano degli ometti e che giocano sempre con i meccani o cose del genere, una volta se ne vedeva nelle case perbene, ora forse un po' meno, comunque hai capito. Ma è tutta un'illusione, perché quel grazioso ponticello che apparentemente ruota con cortesia per lasciar passare i barconi nel canale, secondo me è una trappola bella e buona. La vecchia signora non lo sa, poverina, nemmeno se lo immagina, ma ora muoverà un altro passo e sarà un passo fatale, credi a me, sicuramente metterà il piede su un perfido meccanismo, ci sarà un clic inavvertibile, le corde si tenderanno, le assi sospese a leva si stringeranno come mandibole e lei resterà lì dentro come un topo, nella migliore delle ipotesi, perché nella peggiore tutte le sbarre che uniscono le assi, quelle pale un po' sinistre, se ci pensi bene, scatteranno per combaciare con esattezza millimetrica e lei, zàcchete, resterà schiacciata come una frittella. Il vetturale non se ne accorgerà neppure, magari è anche sordo, e poi quella signora non gli interessa niente, credi a me, lui ha altro a cui pensare, se è un contadino penserà alle vigne, i contadini pensano solo alla terra, sono abbastanza egoisti, per loro il mondo finisce col campicello; se è un veterinario, perché potrebbe anche essere un veterinario, sta pensando a qualche vacca malata nella fattoria che deve trovarsi là in fondo, anche se non si vede, le vacche sono più importanti delle persone per i veterinari, ognuno fa il suo mestiere a questo mondo, cosa ci vuoi fare, e gli altri che si arrangino.

Mi dispiace che tu non abbia ancora capito, ma se ti sforzi sono certo che ci arriverai, tu sei una persona intelligente, non ci vuole poi molto a indovinare, o meglio, forse ci vuole un po', ma mi sembra di averti dato sufficienti informazioni; ti ripeto, probabilmente devi solo collegare gli elementi che ti ho fornito, ad ogni modo guarda, il museo sta per chiudere, vedo il guardiano che ci sta facendo dei cenni, questi guardiani non li sopporto, hanno sempre una spocchia che non ti dico, ma semmai torniamo domani, tanto anche tu non è che abbia troppe cose da fare, no?, e poi l'impressionismo è affascinante, ah, questi impressionisti, così pieni di luce, di colore, dai loro quadri viene quasi un profumo di lavanda, eh sì, la Provenza... io ho sempre avuto un debole per questi paesaggi, non ti dimenticare il bastone, sennò poi qualche automobile ti investe, l'hai appoggiato qui a destra, un po' più in là, a destra, ci sei quasi, ricordati, a tre passi sulla nostra sinistra c'è un gradino.

Le persone felici

« Temo che questa sera avremo cattivo tempo », disse la ragazza, e indicò una cortina di nuvole all'orizzonte. Era magrolina e spigolosa, muoveva le mani a scatti e portava una piccola coda di cavallo. La terrazza del piccolo ristorante si apriva sul mare. Sulla destra, oltre la siepe di gelsomino che saliva a pergola, si intravedeva un cortiletto pieno di cianfrusaglie, cassette di bottiglie vuote, alcune sedie rotte. A sinistra c'era un piccolo cancello di ferro battuto sotto il quale luccicava la scalinata intagliata nello strapiombo di roccia. Il cameriere arrivò con un vassoio di crostacei fumanti. Era un uomo piccolo con i capelli impomatati, dall'aria timida. Depositò il vassoio sul tavolo e fece un leggero inchino. Sul braccio destro portava un tovagliolo macchiato.

« Questo paese mi piace », disse la ragazza all'uomo che le sedeva di fronte, « la gente è ingenua e gentile ».

L'uomo non rispose e dispiegò il tovagliolo infilandoselo nel colletto della camicia, ma colse al volo l'occhiata critica della ragazza e se lo sistemò sulle ginocchia. « A me non piace », replicò, « non capisco la lingua. E poi fa troppo caldo. E poi non mi piacciono i paesi del Sud ».

Era un uomo sulla sessantina, col viso quadrato e le sopracciglia folte. La bocca però era rosea e umida, con qualcosa di molle.

La ragazza dette una scrollata di spalle. Pareva visibilmente infastidita, come se quella confessione contrastasse con la schiettezza che lei sentiva di avere. « Non è leale », disse, « ti hanno pagato tutto, viaggio e albergo, ti hanno ricevuto con tutti gli onori ».

Lui fece un gesto di noncuranza con la mano. « Non sono venuto per il loro paese, sono venuto per il congresso. Loro mi trattano con tutti gli onori e io gli faccio l'onore della mia presenza, siamo pari ». Si concentrò a lavorare di pinze su un crostaceo, lasciando intendere che l'argomento era esaurito. Arrivò una folata di brezza che fece volar via il tovagliolo di carta che ricopriva il cestino del pane. Il mare si stava increspando e era di un azzurro intenso.

La ragazza pareva contrariata, ma forse era solo ostentazione. Alla fine parlò con un tono di leggero risentimento ma anche con una sfumatura conciliante. « Non mi hai neppure detto che comunicazione farai, sembra che tu mi voglia tenere all'oscuro di tutto, non mi pare giusto ».

Lui era finalmente riuscito a vincere la resistenza del crostaceo e stava intingendo la polpa nella maionese. Gli si rischiarò il viso e parlò tutto d'un fiato, come uno scolaretto che ripete la lezione. « Strutture e storture nei testamenti mediolatini e volgari dell'area occitanica ».

La ragazza inghiottì come se il boccone le fosse andato di traverso e cominciò a ridere. Rideva senza riuscire a trattenersi, tappandosi la bocca con il tovagliolo. « Oddio », singhiozzava, « Oddio », e rideva.

Anche lui stava per ridere ma si controllava perché non sapeva se gli conveniva o meno aderire a quello scoppio di ilarità. « Fammi capire », chiese quando lei si fu calmata.

« Niente », disse la ragazza fra spruzzatine intermittenti di risate, « mi è venuto in mente che tu vai meglio col volgare che col mediolatino, è solo questo ».

Lui scosse la testa con finta commiserazione, ma si vedeva che in fondo era compiaciuto. « Ad ogni modo possiamo iniziare la lezione, stammi bene a sentire ». Alzò il pollice e disse: « Punto primo: devi studiare i minori, sono i minori che fanno la carriera, i maggiori li hanno già studiati tutti ». Alzò un altro dito. « Punto secondo: cita tutta la bibliografia critica possibile avendo cura di discordare dagli studiosi defunti ». Alzò ancora un dito. « Punto terzo: niente metodologie stravaganti, che vanno di moda oggi, quelle passeranno senza lasciare traccia, vai sul solido e sul tradizionale ». Lei lo seguiva attentamente, con molta concentrazione. Forse sul suo viso si disegnò l'abbozzo di una timida replica, perché lui si sentì in obbligo di fare un esempio. « Pensa a quel francesista che è venuto a parlarci di Racine e di tutti i complessi della Fedra», disse, «ti sembra normale?».

«La Fedra?», chiese la ragazza come se pensasse ad altro.

«Il francesista», disse lui con pazienza.

La ragazza non rispose.

«Appunto», disse lui. «Oggi i critici hanno il vezzo di scaricare i loro nervosismi sui testi letterari. Io ho avuto il coraggio di dirlo e hai visto come si sono scandalizzati». Aprì la lista e si mise a scegliere attentamente il dessert. «La psicoanalisi è l'invenzione di un pazzo», concluse, «lo sappiamo tutti ma prova a dirlo in giro».

La ragazza guardava distrattamente il mare. Aveva un'espressione rassegnata e era quasi carina. «E poi?», chiese sempre come se pensasse ad altro.

«Il poi te lo dico dopo», disse l'uomo, «ma intanto voglio dirti una cosa. Lo sai che cosa c'è di forte in noi, di veramente vincente?, lo sai? Che siamo persone normali, ecco cosa c'è». Scelse finalmente il suo dessert e fece un cenno al cameriere. «E ora ti posso dire il poi», continuò. «Il poi è che fai subito il concorso».

«Ma avremo contro il tuo compare filologo», obiettò lei.

«Oh, quello!», esclamò lui. «Quello se ne starà buono buono, anzi, vedrai come sarà prestabile». Fece una pausa piena di mistero.

«Quando passa nel corridoio con la sua pipa e i

capelli svolazzanti sembra il padreterno », disse lei. « Non mi può soffrire, non mi saluta neppure ».

« Imparerà a salutarti, caruccia ».

« Ti ho detto di non chiamarmi caruccia, mi fa venire l'orticaria ».

« Ad ogni modo imparerà a salutarti », tagliò corto lui. Sorrise con aria furba e si versò da bere. Lo faceva apposta per aumentare il mistero e voleva che fosse evidente che lo faceva apposta. « So tante cosucce su di lui », disse alla fine aprendo uno spiraglio nel mistero.

« Dille anche a me ».

« Oh, cosette », borbottò lui con finta noncuranza, « certi trascorsi, certe antiche amicizie con persone di questo paese quando questo paese non era esattamente un esempio di democrazia. Se fossi un romanziere ci potrei scrivere un racconto ».

« Ma vai », disse lei, « non ci credo, è sempre in prima fila nelle sottoscrizioni e negli appelli, è di sinistra ».

L'uomo parve riflettere sull'aggettivo. « Sarà mancino », concluse.

La ragazza rise muovendo la testa, e così facendo scodinzolò la sua codina di cavallo. « Ad ogni modo ci vorrebbe l'appoggio di qualcuno di un'altra università », disse, « non possiamo fare tutto in famiglia ».

« Ho pensato anche a questo ».

« Ma pensi proprio a tutto? ».

« Modestamente ».

« Il nome? ».

« Niente nomi ».

Sorrise bonariamente, prese la mano della ragazza e assunse un'aria paterna. « Stammi bene a sentire, sulle persone bisogna ragionarci e io ci ragiono. Da lui scappano tutti come lepri, ti sei mai chiesta il perché? ».

La ragazza scosse la testa e lui fece un vago gesto misterioso. « Un perché ci sarà », affermò.

« Anch'io ho un mio perché », disse lei. « Sono incinta ».

« Non fare la stupida », disse l'uomo con un sorriso acido.

« Non fare lo stupido tu », replicò seccamente la ragazza.

L'uomo si era fermato con la fetta di ananas a un centimetro dalla bocca, nel suo sguardo c'era la sorpresa della certezza.

« Di quanto? ».

« Due mesi ».

« Perché me lo dici ora? ».

« Perché prima non mi andava », disse lei con fermezza. Fece un gesto ampio che comprendeva il mare, il cielo e il cameriere che stava arrivando con i caffè. « Se è una bambina la chiamerò Felicita », disse convinta.

L'uomo infilò in bocca l'ananas e lo deglutì velocemente. « Per il mio gusto è un po' troppo gozzaniano ».

« E allora Allegra, Ilaria, Diletta, Serena, Letizia, a tuo piacere. Pensala come ti pare ma per me il nome influisce sul carattere, a forza di sentirsi chiamare Ilaria una persona comincia a ridere. Voglio un figlio allegro ».

L'uomo restò in silenzio e facendo il gesto di scriversi sulla mano si rivolse al cameriere che aspettava pazientemente a distanza. Il cameriere capì e entrò nel ristorante a preparare il conto. Sulla porta c'era una tenda fatta con turaccioli di metallo e tintinnava a lungo ogni volta che qualcuno entrava. La ragazza si alzò e prese l'uomo per la mano, tirandolo.

« Dài, vieni a guardare il mare, non fare il vecchio babbione incavolato, è il giorno più bello della tua vita ».

L'uomo si alzò un po' controvoglia lasciandosi trascinare. La ragazza gli passò un braccio intorno ai fianchi spingendolo. « Sei tu che sembri incinto », disse, « hai una pancia di sei mesi ». Fece una risata squillante e saltellò come un uccellino. Si appoggiarono al parapetto di legno. C'erano delle piante di agave, nel breve terreno incolto davanti alla terrazza, e molti fiori selvatici. L'uomo trasse di tasca un sigaretto e se lo infilò fra le labbra. « Oddio », disse lei, « di nuovo questa puzza insopportabile, sarà la prima cosa che eliminerò dalla nostra vita ».

« Provaci », disse lui con aria sorniona.

Lei gli si strinse contro e gli strofinò una guancia con la testa. « Questo ristorante è una delizia ».

L'uomo si dette dei colpetti sul ventre. Sul suo viso c'era soddisfazione e sicurezza. « La vita bisogna saperla prendere », rispose.

Gli archivi di Macao

« *Senta, caro signore, suo padre ha un carcinoma alla faringe, io non posso abbandonare il convegno per operarlo domani, ho invitato mezza Italia, capisce? Eppoi, una settimana prima o una dopo, con quello che ha* ».

« *Veramente il nostro medico sostiene che si deve intervenire immediatamente, perché è un tipo di carcinoma con una progressione rapidissima* ».

« *Ah, sì, immediatamente, perbacco. E ai congressisti che cosa dico, che io domani devo operare e che il congresso è rimandato? Senta, suo padre farà come gli altri, aspetterà che sia finito il congresso* ».

« *Stia a sentire lei, professore, io del suo congresso me ne infischio, voglio che mio padre sia operato subito, e anche gli altri, quelli urgenti* ».

« *Non ho nessuna intenzione di discutere con lei il calendario della mia sala operatoria. Questa è un'università, e io ho anche dei precisi doveri didattici, non tollero che sia lei a dirmi cosa devo fare. Posso operare suo padre solo la settimana prossima, se non è d'accordo faccia dimettere il paziente e tro-*

vi un altro ospedale. È sottinteso che la responsabilità è sua. Arrivederci ».

La voce della hostess ha pregato di allacciare le cinture e di spegnere le sigarette, una sosta che sarebbe durata quaranta minuti circa per rifornimento e pulizia. E mentre dal finestrino si sono cominciati a vedere i lumi di Bombay, e poi via via le luci azzurre della pista, proprio allora, deve essere stato a causa del leggero balzo per l'urto dell'atterraggio, a volte i collegamenti di idee avvengono per queste cose, io mi sono trovato sulla tua lambretta. Tu guidavi con le braccia allargate, perché le lambrette di quell'epoca avevano il manubrio ampio, guardavo la tua sciarpa che sventolava e mi faceva il solletico con la frangia, avrei voluto grattarmi il naso ma avevo paura di cadere, era il millenovecentocinquantasei, questo è certo, perché l'acquisto della lambretta aveva festeggiato il mio tredicesimo anno di età; io ti ho battuto con due dita su una spalla come per pregarti di andare più piano, e allora tu ti sei voltato sorridendo, e nel fare così la sciarpa ti è scivolata sul collo, ma molto lentamente, come se ogni movimento degli oggetti nello spazio fosse ritardato, e io ho visto che sotto la sciarpa avevi una ferita orrenda che ti squarciava il collo da parte a parte, era così larga e slabbrata che lasciava scoperti i tessuti muscolari, i vasi sanguigni, la carotide, la faringe, ma tu non sapevi di avere quella ferita e sorridevi ignaro, e infatti non l'avevi, ero io che la vedevo, è strano come a volte possa succedere di sovrapporre due ricordi in un unico ricordo, mi stava succedendo questo, ricordavo la tua immagine del millenovecentocinquantasei e insieme vi impastavo l'immagine che poi mi avresti lasciato per sempre, quasi trent'anni dopo.

Mi rendo conto che non si deve scrivere ai morti, ma tu sai perfettamente che in certi casi scrivere ai morti è una scusa, è un elementare fatto freudiano, perché è la maniera più rapida di scrivere a noi stessi, e dunque scusami, sto scrivendo a me stesso, anche se forse invece sto scrivendo alla tua memoria che ho dentro di me, alla tua traccia che hai lasciato dentro di me, e dunque in qualche modo sto scrivendo davvero a te – ma no, forse anche questa è una scusa, in realtà sto scrivendo soltanto a me stesso: anche la tua memoria, la tua traccia sono solo una cosa mia, tu non ci sei in niente, ci sono solo io, qui, seduto sulla poltroncina di questo jumbo che è diretto a Hong Kong e penso che sto andando in lambretta, ho pensato di andare in lambretta, sapevo benissimo che stavo volando su un aereo che mi portava a Hong Kong da dove poi prenderò un traghetto per Macao, solo che stavo viaggiando in lambretta, era il mio tredicesimo compleanno, mentre tu guidavi con la sciarpa, e stavo andando a Macao in lambretta. E tu, senza girarti, con la sciarpa al vento che mi faceva il solletico con la frangia, hai esclamato: a Macao?, e cosa ci vai a fare a Macao? E io ti ho detto: vado a cercare dei documenti negli archivi, c'è un archivio municipale, e poi anche l'archivio di un vecchio liceo, vado a cercare delle carte, forse lettere, non so, insomma, dei manoscritti di un poeta simbolista, un tipo strano che visse a Macao per trentacinque anni, era oppiomane, morì nel 1926, era portoghese, si chiamava Camilo Pessanha, genovese di discendenza, di un Pezagno che nel 1300 fu al servizio di un re portoghese, era un poeta, ha scritto solo un libretto di poesie, *Clepsydra*, senti questo verso: Sono fiorite per sbaglio le rose selvatiche. E tu mi hai chiesto: ti pare che abbia un senso?

Ultimo invito

Per il viaggiatore solitario, ancorché raro ma forse non impossibile, che non si rassegna alle forme tiepide e omologate del morire ospedaliero che gli Stati moderni assicurano e che, ancor di più, è terrorizzato dall'idea del trattamento frettoloso e impersonale al quale l'unicità del suo corpo sarà sottoposta nelle esequie, Lisbona offre ancora un'apprezzabile varietà di scelte per un nobile suicidio; e insieme le più decorose, solerti, educate e soprattutto economiche strutture per la sistemazione di ciò che inevitabilmente resta dopo un suicidio ben riuscito: il cadavere.

Scegliere un luogo consono al volontario trapasso, e la forma di esso, appare oggi un'impresa praticamente disperata, cosicché anche i più volenterosi si rassegnano alle forme del morire naturale, fors'anche aiutati dall'idea, ormai diffusa nelle coscienze, che la distruzione atomica del Pianeta, il Suicidio Totale, è solo questione di tempo, e dunque a che serve affannarsi tanto? Idea, quest'ultima, assai discutibile, e semmai deviante nel suo subdolo sillogismo: intanto perché crea una connivenza con la Morte, e dunque una sorta di rassegnazione al cosiddetto « Inevitabile » (sentimento che deve restare estraneo al suicidio, atto per eccellenza privato e del tutto non assoggettabile all'idea collettivistica, pena lo snaturamento dell'essenza stessa dell'atto suicida); in secondo luogo perché mai si tratterebbe, anche nel caso del Grande Scoppio, di un suicidio, bensì di un omicidio animato da pulsioni di morte etero e auto-distruttive operate su larga scala, simili a quelle che animarono i lugubri nazisti; e di natura coattiva, dunque in contrasto con l'inalienabile natura dell'atto suicida, che consiste, come sappiamo, nella libera scelta.

Inoltre c'è da dire che nell'attesa del « Suicidio Totale » intanto si va morendo, cosa che giudico degna di riflessione. E si muore, oltre che per le più tradizionali e antiche forme del morire, anche in gran parte per cause derivanti dalle stesse diaboliche trappole che preludono al « Suicidio Totale ». Tali invenzioncine, con la solenne motivazione, fra le tante, che i tubi catodici delle nostre case debbono essere accesi e che bisogna dunque alimentarli d'energia, distribuiscono quotidianamente dosi di veleno indiscriminate e dunque equivocamente democratiche; e insomma, insinuando l'idea dell'inevitabile « Suicidio Totale » praticano intanto un omicidio sistematico e costante, direi progressivo. Così il suicida potenziale che non arriva a suicidarsi perché tanto vale aspettare il « Suicidio Totale », non riflette, il mentecatto, che nel frattempo ingerisce stronzio radioattivo, cesio e leccornie congeneri, e che differendo il suo trapasso intanto magari si sta già covando nel fegato, nei polmoni o nella milza una delle innumerevoli forme di carcinoma che gli elementi sopracitati sono prodighi a elaborare.

Indicare un luogo dove ci si possa ancora suicidare correttamente, in totale libertà, e con forme che appartennero ai nostri antichi e che oggi sembrerebbero scomparse, non vorrebbe sembrare un servizio di una qualche pubblica utilità (potrebbe anche esserlo), ma servire a riflettere, da un punto di vista puramente teorico, su una libertà: un astratto senso di iniziativa praticata su noi stessi e che possa essere messa in atto senza cadere nelle forme più avvilenti e volgari alle quali il suicidio sembra inevitabilmente costretto nei Paesi che vengono definiti industrialmente avanzati (escludo ovviamente quei Paesi dove esiste il problema della sopravvivenza politica, mentale o alimentare, e nei quali il suicidio si pone come forma di disperazione che esula dalla forma di suicidio che qui è discussa, basata sulla libera scelta).

Lisbona, da questo punto di vista, pare una città piena di risorse.

La prima certezza viene dalla consultazione dell'elenco telefonico, dove le agenzie funebri hanno a loro disposizione ben sedici pagine. Sedici pagine sulle « pagine gialle » sono molte, bisogna convenirne, specie se si consideri che Lisbona non è una città enorme; e questo è un primo dato statistico molto eloquente sulla quantità delle imprese in funzione. C'è solo l'imbarazzo della scelta. Una seconda considerazione è che la Morte, in Portogallo, non sembra appartenere, come in altri paesi, al luogo ambiguo della reticenza e della « vergogna ». Non c'è nessuna vergogna a morire, e il decesso è giustamente considerato un fatto necessario della vita, dunque le pratiche concernenti il decesso sono trattate con la stessa cura di altri servizi utili al cittadino come le *Águas*, i *Restaurantes*, i *Transportes*, i *Teatros* (cito a caso), che sono servizi di pubblica utilità reperibili telefonicamente. Secondo questa logica, le agenzie funebri di Lisbona non si risparmiano la pubblicità; e sempre sull'elenco telefonico la fanno *ore rotundo*: con evidenza, con sfarzo e con innegabile suggestione. Spesso a grandezza di pagina, sobrie o ornate, con slogans di estrema pertinenza, esse illustrano i loro servizi.

Alcune fanno appello alla tradizione. « Há mais de meio século serve meia Lisboa » (da più di mezzo secolo serve mezza Lisbona) si orgoglia l'annuncio di un'agenzia con sede nell'Avenida Almirante Reis e dove l'aggettivo *meio* riferito al tempo sembra essere un'informazione puramente storica, mentre il secondo *meia Lisboa*, insinua un uso meno statistico, più caloroso e familiare; mezza Lisbona, in questo caso, vuol dire *una maggioranza*, una pressoché totalità, con una lieve connotazione interclassista. Defunti di ogni classe sociale e di ogni ceto, è sottinteso in questo richiamo, sono stati presi in cura da questa tradizionale e implacabile agenzia. Altre agenzie, al contrario, puntano sull'efficienza della modernizzazione. « Os únicos auto-fúnebres automáticos » (le uniche vetture funebri automatiche), dice un'agenzia che gode di quattro filiali in tutta la città. La modernità e la meccanizzazione sono di grande effetto, ma certamente la pubblicità gioca sulla curiosità del cliente. In che cosa consisterà mai l'automatismo di una vettura funebre? Vale la pena di provare.

Quasi tutte le agenzie insistono inoltre sull'esperienza e sulla serietà professionale. In questo caso il loro annuncio sull'elenco telefonico è accompagnato dal volto del proprietario e degli impiegati: volti inequivocabili di becchini con anni di onesto e rispettabile lavoro. Qui conta la fiducia, la competenza e la distribuzione dei ruoli. Costoro non nascondono la fisionomia della loro professione, anzi, ne esibiscono con fierezza lo stereotipo. Hanno volti addolorati ma arguti, lunghe basette, spesso delle barbe scure molto curate, le spalle un po' cadenti, giacca e cravatta nere, non di rado occhiali con pesanti montature di celluloide. Sanno amministrare la morte, è evidente, lo hanno sempre fatto e ne sono orgogliosi. Di questi becchini ci si può fidare.

Ma l'annuncio più interessante per il potenziale cliente, è quello di un'agenzia discreta che mette in evidenza il *Serviço Permanente* e che reca questa frase: « Nos momentos difíceis a opção certa » (nei momenti difficili la scelta giusta). Più sotto, dopo la rassicurante garanzia che l'agenzia usa solo *flores naturais*, un'altra frase: « Faça do nosso serviço un bom serviço, preferindo-nos » (renda il nostro servizio un buon servizio, preferendoci). A chi si rivolgono queste frasi se non al diretto interessato? L'interlocutore privilegiato di questa premurosa agenzia è senza dubbio il morituro. È *con lui* che l'agenzia desidera avere un colloquio, un'intesa, una complicità. C'è qualcosa di coniugale in queste frasi essenziali e allo stesso tempo anodine: sembrano la quintessenza di un contratto o di un'ovvietà, sarebbero del tutto plausibili in bocca al marito di Emma Bovary, la sera vicino al fuoco. Ma anche in bocca a tutti noi quando ci sediamo a tavola per la cena e stipuliamo un rapporto di reciproca connivenza con ciò che chiamiamo vivere.

I luoghi e le forme della morte, per la loro varietà e la loro ricchezza, richiederebbero un trattato specifico. Meglio è lasciarli all'utente, anche per non togliere al suicidio l'estro e la creatività che esso deve avere. Non si può tuttavia tacere quella che, per sua struttura e conformazione, mi pare la vocazione elettiva di Lisbona: il salto. Mi rendo conto che il vuoto è da sempre un'attrazione principe per gli spiriti in fuga. Anche se sa che un suolo lo attende, l'uomo che sceglie il vuoto denota un rifiuto della pienezza, ha orrore del materiale e desidera percorrere la via del Vuoto Eterno attraversando per qualche secondo il vuoto della fisica. Inoltre il salto partecipa del volo, contiene una sorta di ribellione alla condizione umana del bipede, tende allo spazio, alle grandi dimensioni, all'orizzonte. Ebbene, in questa nobile forma di suicidio, Lisbona è certo una città d'elezione. Mossa, variata, scalata, con improvvisi terrazzi, costellata di buchi, di aperture, di spazi che si spalancano improvvisi, di luoghi storici per suicidi storici (o Aqueducto das Àguas Livres, o Castelo a Torre de Belém), di luoghi raffinati per suicidi art-déco (Elevador de Santa Justa), di luoghi meccanici per suicidi costruttivisti (Ponte 25 de Abril), questa bellissima città mette a disposizione del volenteroso una gamma di salti come nessun'altra città europea. E in tal senso, il luogo indiscutibilmente più consono al salto è il Cristo-Rei sulla riva del Tago. Quel Cristo, non si può negare, è un invito in pietra, un inno scultoreo al salto, un suggerimento, un simbolo, forse una allegoria. Quel Cristo è l'immagine di un plongeur, le sue braccia sono spalancate su un trampolino dal quale è pronto a buttarsi. Egli non è un imitatore, è un sodale, e ciò ha il suo conforto. Sotto, scorre il Tago. Lento, pacato, forte. Pronto ad accogliere, a trascinare nell'Atlantico il corpo del volontario rendendo così inutili anche le più sollecite cure delle agenzie funerarie di Lisbona.

Sulle altre forme di suicidio, per brevità, tacerò. Ma prima di chiudere, una almeno, per correttezza verso tutta una cultura, debbo nominarla. È una forma peculiare e sottile, prevede allenamento, costanza, pervicacia. È la morte per *Saudade*, in origine una categoria dello spirito, ma un atteggiamento che si può anche imparare, se si ha buona volontà. La municipalità di Lisbona, da sempre, ha disposto sedie pubbliche nei luoghi deputati della città: i moli del porto, i belvedere, i giardini dai quali si domina la linea del mare. Molte persone vi seggono. Tacciono, guardano lontano. Cosa fanno? Stanno praticando la *Saudade*. Provate a imitarli. Naturalmente è una via difficile da percorrere, gli effetti non sono immediati, talvolta bisogna saper attendere anche molti anni. Ma la morte, si sa, è fatta anche di questo.

Indice

I volatili del Beato Angelico

Nota	9
I volatili del Beato Angelico	11
Passato composto. Tre lettere	
I Lettera di Don Sebastiano de Aviz, re di Portogallo, a Francisco Goya, pittore	23
II Lettera di Mademoiselle Lenormand, cartomante, a Dolores Ibarruri, rivoluzionaria	26
III Lettera di Calipso, ninfa, a Odisseo, re di Itaca	32
L'amore di Don Pedro	34
Messaggio dalla penombra	40
La frase che segue è falsa. La frase che precede è vera	42
La battaglia di San Romano	54
Storia di una storia che non c'è	58
La traduzione	62
Le persone felici	65
Gli archivi di Macao	72
Ultimo invito	76

Questo volume è stato stampato
su carta Grifo vergata
delle Cartiere Miliani di Fabriano
nel mese di giugno 1997
presso la Nuova Graphicadue a Palermo

La memoria

1. Leonardo Sciascia. Dalle parti degli infedeli
2. Robert L. Stevenson. Il diamante del Rajà
3. Lidia Storoni Mazzolani. Il ragionamento del principe di Biscari a Madame N.N.
4. Anatole France. Il procuratore della Giudea
5. Voltaire. Memorie
6. Ivàn Turghèniev. Lo spadaccino
7. Il romanzo della volpe
8. Alberto Moravia. Cosma e i briganti
9. Napoleone Bonaparte. Clisson ed Eugénie
10. Leonardo Sciascia. Atti relativi alla morte di Raymond Roussel
11. Daniel Defoe. La vera storia di Jonahtan Wild
12. Joseph S. Le Fanu. Carmilla
13. Héctor Bianciotti. La ricerca del giardino
14. Le avventure di Giuseppe Pignata fuggito dalle carceri dell'Inquisizione di Roma
15. Edmondo De Amicis. Il "Re delle bambole"
16. John M. Sygne. Le isole Aran
17. Jean Giraudoux. Susanna e il Pacifico
18. Augusto Monterroso. La pecora nera e altre favole
19. André Gide. Il viaggio d'Urien
20. Madame de La Fayette. L'amor geloso
21. Rex Stout. Due rampe per l'abisso
22. Fiòdor Dostojevskij. Il villaggio di Stepàncikovo
23. Gesualdo Bufalino. Diceria dell'untore
24. Laurence Sterne. Per Eliza. Diario e lettere
25. Wolfgang Goethe. Incomincia la novella storia
26. Arrigo Boito. Il pugno chiuso
27. Alessandro Manzoni. Storia della Colonna Infame
28. Max Aub. Delitti esemplari
29. Irene Brin. Usi e costumi 1920-1940
30. Maria Messina. Casa paterna
31. Nikolàj Gògol. Il Vij
32. Andrzej Kuśniewicz. Il Re delle due Sicilie
33. Francisco Vásquez. La veridica istoria di Lope de Aguirre
34. Neera. L'indomani
35. Sofia Guglielmina margravia di Bareith. Il rosso e il rosa
36. Giuseppe Vannicola. Il veleno
37. Marco Ramperti. L'alfabeto delle stelle
38. Massimo Bontempelli. La scacchiera davanti allo specchio
39. Leonardo Sciascia. Kermesse
40. Gesualdo Bufalino. Museo d'ombre
41. Max Beerbohm. Storie fantastiche per uomini stanchi
42. Anonimo ateniese. La democrazia come violenza
43. Michele Amari. Racconto popolare del Vespro siciliano
44. Vernon Lee. Possessioni

45 Teresa d'Avila. Libro delle relazioni e delle grazie
46 Annie Messina (Gamîla Ghâli). Il mirto e la rosa
47 Narciso Feliciano Pelosini. Maestro Domenico
48 Sebastiano Addamo. Le abitudini e l'assenza
49 Crébillon fils. La notte e il momento
50 Alfredo Panzini. Grammatica italiana
51 Maria Messina. La casa nel vicolo
52 Lidia Storoni Mazzolani. Una moglie
53 Martín Luis Guzmán. ¡Que Viva Villa!
54 Joseph-Arthur de Gobineau. Mademoiselle Irnois
55 Henry James. Il patto col fantasma
56 Leonardo Sciascia. La sentenza memorabile
57 Cesare Greppi. I testimoni
58 Giovanni Verga. Le storie del castello di Trezza
59 Henryk Sienkiewicz. Quo vadis?
60 Benedetto Croce. Isabella di Morra e Diego Sandoval de Castro
61 Diodoro Siculo. La rivolta degli schiavi in Sicilia
62 George Meredith. La vicenda del generale Ople e di Lady Camper
63 Bernardino de Sahagún. Storia indiana della conquista del Messico
64 Andrzej Kuśniewicz. Lezione di lingua morta
65 Maria Luisa Aguirre D'Amico. Paesi lontani
66 Giuseppe Antonio Borgese. Le belle
67 Luisa Adorno. L'ultima provincia
68 Charles e Mary Lamb. Cinque racconti di Shakespeare
69 Prosper Mérimée. Lokis
70 Charles-Louis de Montesquieu. Storia vera
71 Antonio Tabucchi. Donna di Porto Pim
72 Luciano Canfora. Storie di oligarchi
73 Giani Stuparich. Donne nella vita di Stefano Premuda
74 Wladislaw Terlecki. In fondo alla strada
75 Antonio Fogazzaro. Eden Anto
76 Anonimo. Storia del bellissimo Giuseppe e della sua sposa Aseneth
77 Vanni e Gian Mario Beltrami. Una breve illusione
78 Giorgio Pecorini. Il milite noto
79 Giuseppe Bonaviri. L'incominciamento
80 Leonardo Sciascia. L'affaire Moro
81 Ivàn Turghèniev. Primo amore
82 Nikolàj Leskòv. L'artista del toupet
83 Aleksàndr Puškin. La solitaria casetta sull'isola di Vasilij
84 Michaìl Culkòv. La cuoca avvenente
85 Anita Loos. I signori preferiscono le bionde
86 Anita Loos. Ma... i signori sposano le brune
87 Angelo Morino. La donna marina
88 Guglielmo Negri. Il risveglio
89 Héctor Bianciotti. L'amore non è amato
90 Joris-Karl Huysmans. Il pensionato signor Bougran
91 André Chénier. Gli altari della paura
92 Luciano Canfora. Il comunista senza partito
93 Antonio Tabucchi. Notturno indiano
94 Jules Verne. L'eterno Adamo
95 Manuel Vázquez Montalbán. Assassinio al Comitato Centrale
96 Julian Stryjkowski. Il sogno di Asril
97 Manuel Puig. Agonia di un decennio, New York '78

98 Victor Zaslavsky. Il dottor Petrov parapsicologo
 99 Gesualdo Bufalino. Argo il cieco ovvero I sogni della memoria
100 Leonardo Sciascia. Cronachette
101 Enea Silvio Piccolomini. Storia di due amanti
102 Angelo Rinaldi. L'ultima festa dell'Empire
103 Luisa Adorno. Le dorate stanze
104 James M. Cain. Il bambino nella ghiacciaia
105 Enrico Job. La Palazzina di villeggiatura
106 Antonio Castelli. Passi a piedi passi a memoria
107 Wilkie Collins. Tre storie in giallo
108 Friedrich Glauser. Il grafico della febbre
109 Friedrich Grauser. Il tè delle tre vecchie signore
110 Mary Lavin. Eterna
111 Aldo Alberti. La Rotonda dei Massalongo
112 Senofonte. Le Tavole di Licurgo
113 Leonardo Sciascia. Per un ritratto dello scrittore da giovane
114 Mario Soldati. 24 ore in uno studio cinematografico
115 Denis Diderot. L'uccello bianco. Racconto blu
116 Joseph-Arthur de Gobineau. Adelaide
117 Jurij Tynjanov. Il sottotenente Summenzionato
118 Boris Hazanov. L'ora del re
119 Anatolij Mariengof. I cinici
120 I. Grekova. Parrucchiere per signora
121 Corrado Alvaro. L'Italia rinunzia?
122 Gian Gaspare Napolitano. In guerra con gli scozzesi
123 Giuseppe Antonio Borgese. La città sconosciuta
124 Antonio Aniante. La rosa di zolfo
125 Maria Luisa Aguirre D'Amico. Come si può
126 Serzio Atzeni. Apologo del giudice bandito
127 Domenico Campana. La stanza dello scirocco
128 Aldo Alberti. La Lega delle Dame per il trasferimento del Papato nelle Americhe
129 Friedrich Glauser. Il sergente Studer
130 Matthew Phipps Shiel. Il principe Zaleski
131 Ben Hecht. Delitto senza passione
132 Fernand Crommelynck. La martingala rovesciata
133 Rosa Chacel. Relazione di un architetto
134 Walter De la Mare. L'artigiano ideale
135 Ludwig Achim von Arnim. Passioni olandesi
136 Rudyard Kipling. L'uomo che volle essere Re
137 Senofonte. La tirannide
138 Plutarco. Sertorio
139 Cicerone. La repubblica luminosa
140 Luciano Canfora. La biblioteca scomparsa
141 Etiemble. Tre donne di razza
142 Marco Momigliano. Autobiografia di un Rabbino italiano
143 Irene Brin. Dizionario del successo e dell'insuccesso e dei luoghi comuni
144 Giovanni Ruffini. Il dottor Antonio
145 Aleksej Tolstoj. Il conte di Cagliostro
146 Mary Lamb. La scuola della signora Leicester
147 Luigi Capuana. Tortura
148 Ljudmila Shtern. I Dodici Collegi
149 Diario di Esterina

150 Madame de Vandeul. Diderot, mio padre
151 Ortensia Mancini. I piaceri della stupidità
152 Maria Mancini. I dispiaceri del Cardinale
153 Francesco Algarotti. Saggio sopra l'Imperio degl'Incas
154 Alessandro Manzoni. Quell'innominato
155 Jerre Mangione. Ricerca nella notte
156 Friedrich Glauser. Krock & Co.
157 Cami. Le avventure di Lufock Holmes
158 Ivan Goncarov. La malattia malvagia
159 Fausto Pirandello. Piccole impertinenze
160 Vincenzo Consolo. Retablo
161 Piero Calamandrei. La burla di Primavera con altre fiabe, e prose sparse
162 Antonio Tabucchi. I volatili del Beato Angelico
163 Fazil' Iskander. La costellazione del caprotoro
164 Ramón Gómez de la Serna. Le Tre Grazie
165 Corrado Alvaro. La signora dell'isola
166 Nadezda Durova. Memorie del cavalier-pulzella
167 Boris Jampol'skij. La grande epoca
168 Vito Piazza. La valigia sotto il letto
169 Eustachy Rylski. Una provincia sulla Vistola
170 Jerzy Andrzejewski. Le porte del paradiso
171 Madame de Caylus. Souvenirs
172 Principessa Palatina. Lettere
173 Friedrich Glauser. Il Cinese
174 Friedrich Glauser. Il regno di Matto
175 Gianfranco Dioguardi. Ange Goudar contro l'Ancien régime
176 Palmiro Togliatti. Il memoriale di Yalta
177 Mohandas Karamchand Gandhi. Tempio di Verità
178 Seneca. La vita felice
179 John Fante. Una moglie per Dino Rossi
180 Antifonte. La Verità
181 Evgenij Zamjatin. Il destino di un eretico
182 Gaetano Volpi. Del furore d'aver libri
183 Domostroj ovvero La felicità domestica
184 Luigi Capuana. C'era una volta...
185 Roberto Romani. La soffitta del Trianon
186 Athos Bigongiali. Una città proletaria
187 Antoine Rivarol. Piccolo dizionario dei grandi uomini della Rivoluzione
188 Ling Shuhua. Dopo la festa
189 Plutarco. Il simposio dei sette sapienti
190 Plutarco. Anziani e politica
191 Giuseppe Scaraffia. Il mantello di Casanova
192 Enrico Deaglio. Cinque storie quasi vere
193 Aleksandr Bogdanov. La stella rossa
194 Eça de Queiroz, Ramalho Ortigão. Il mistero della strada di Sintra
195 Carlo Panella. Il verbale
196 Severino Cesari. Storie per quattro giornate
197 Charlotte Robespierre. Memorie sui miei fratelli
198 Fazil' Iskander. Oh, Marat!
199 Friedrich Glauser. I primi casi del sergente Studer
200
201 Adalbert Stifter. Pietra calcarea
202 Carlo Collodi. I ragazzi grandi

203 Valery Larbaud. Sotto la protezione di san Girolamo
204 Madame de Duras. Il segreto
205 Jurij Tomin. Magie a Leningrado
206 Enrico Morovich. I giganti marini
207 Edmondo De Amicis. Carmela
208 Luisa Adorno. Arco di luminara
209 Michele Perriera. A presto
210 Geoffrey Holiday Hall. La fine è nota
211 Teresa d'Avila. Meditazioni sul Cantico dei Cantici
212 Mary Mac Carthy. Un'infanzia ottocento
213 Giuseppe Tornatore. Nuovo Cinema Paradiso
214 Adriano Sofri. Memoria
215 Carlo Lucarelli. Carta bianca
216 Ameng di Wu. La manica tagliata
217 Athos Bigongiali. Avvertimenti contro il mal di terra
218 Elvira Mancuso. Vecchia storia... inverosimile
219 Eduardo Rebulla. Carte celesti
220 Francesco Berti Arnoaldi. Viaggio con l'amico
221 Julien Benda. L'ordinazione
222 Voltaire. L'America
223 Saga di Eirik il rosso
224 Cristoforo Colombo. Lettere ai reali di Spagna
225 Bernardino de Sahagún. I colloqui dei Dodici
226 Sergio Atzeni. Il figlio di Bakunìn
227 Giuseppe Gangale. Revival
228 Alfredo Panzini. La cagna nera
229 Giovanni Boccaccio, Francesco Petrarca. Griselda
230 Adriano Sofri. L'ombra di Moro
231 Diego Novelli. Una vita sospesa
232 Ousmane Sembène. La Nera di...
233 Eugenio Battisti. Il ricordo d'un canto che non sento
234 Wilkie Collins. Il truffatore truffato
235 Carlo Lucarelli. L'estate torbida
236 Michail Kuzmin. La prodigiosa vita di Giuseppe Balsamo, conte di Cagliostro
237 Nelida Milani. Una valigia di cartone
238 David Herbert Lawrence. La volpe
239 Ghassan Kanafani. Uomini sotto il sole
240 Valentino Bompiani. La conchiglia all'orecchio
241 Franco Vegliani. Storie di animali
242 Irene Brin. Le visite
243 Jorge de Sena. La finestra d'angolo
244 Sergio Pitol. Valzer di Mefisto
245 Cesare De Marchi. Il bacio della maestra
246 Salvatore Nicosia. Il segno e la memoria
247 Ramón Pané. Relazione sulle antichità degli indiani
248 Gonzalo Fernández de Oviedo. Sommario della storia naturale delle Indie
249 Pero Vaz de Caminha. Lettera sulla scoperta del Brasile
250 Felipe Guamán Poma de Ayala. Conquista del Regno del Perù
251 Gabriel-François Coyer. Come il prospero Chinki s'immiserì per la ricchezza della nazione
252 David Hume. Il caso di Margaret, detta Peg, unica sorella legittima di John Bull

253 José Bianco. Ombre
254 Marcel Thyri. Distanze
255 Geoffrey Holiday Hall. Qualcuno alla porta
256 Eduardo Rebulla. Linea di terra
257 Igor Man. Gli ultimi cinque minuti
258 Enrico Deaglio. Il figlio della professoressa Colomba
259 Jean Rhys. Smile please
260 Pierre Drieu la Rochelle. Diario di un uomo tradito
261 J. E. Austen-Leight. Ricordo di Jane Austen
262 Caroline Commanville. Anche mio zio Gustave Flaubert era un letterato
263 Christopher Morley. Il Parnaso ambulante
264 Christopher Morley. La libreria stregata
265 Madame de Grafigny. Lettere di una peruviana
266 Roger de Bussy-Rabutin. Storia amorosa delle Gallie
267 Antonio Tabucchi. Sogni di sogni
268 Arnold Toynbee. Il mondo e l'Occidente
269 Ugo Baduel. L'elmetto inglese
270 Apuleio. Della magia
271 Giacomo Debenedetti. 16 ottobre 1943
272 Antonio Faeti. L'archivio di Abele
273 Maria Messina. L'amore negato
274 Arnaldo Fraccaroli. Tomaso Largaspugna uomo pubblico
275 Laura Pariani. Di corno o d'oro
276 Luisa Adorno. La libertà ha un cappello a cilindro
277 Adriano Sofri. Le prigioni degli altri
278 Renzo Tomatis. Il laboratorio
279 Athos Bigongiali. Veglia irlandese
280 Michail Kuzmin. Le avventure di Aymé Leboeuf
281 Concetto Marchesi. Il libro di Tersite
282 Lorenza Mazzetti. Il cielo cade
283 Marcella Olschki. Terza liceo 1939
284 Maria Occhipinti. Una donna di Ragusa
285 Steno. Sotto le stelle del '44
286 Antonio Tosti. Cri-Kri
287 Daniel Defoe. La vita e le imprese di Sir Walter Raleigh
288 Ronan Sheehan. Il ragazzo con la ferita all'occhio
289 Marcella Cioni. La corimante
290 Marcella Cioni. Il Narciso di Rembrandt
291 Colette. La gatta
292 Carl Djerassi. Il futurista e altri racconti
293 Voltaire. Lettere d'amore alla nipote
294 Tacito. La Germania
295 Friedrich Glauser. Oltre il muro
296 Louise de Vilmorin. I gioielli di Madame de ***
297 Walter De la Mare. La tromba
298 Else Lasker-Schüler. La gatta rossa
299 Cesare De Marchi. La malattia del commissario
300
301 Zlatko Dizdarevic. Giornale di guerra
302 Giuseppe Di Lello. Giudici
303 Andrea Camilleri. La forma dell'acqua
304 Andrea Camilleri. La stagione della caccia